灰线

骑鲸小喵 / 著

法律出版社
LAW PRESS · CHINA

目　录 Contents

第一部分

少年和他的古典流氓精神

微末之处，一个不起眼的时代正在垮塌，牵动着、改变着许多少年人的命运。

第一章　外来客

滨海中专的后山附近，有一个废弃的篮球场。二十年前，国家刚刚恢复高考之际，这里还曾做过露天考场，那时候，滨海中专是本市有名的学校。

自从进入二十世纪九十年代，中专生仿佛成了落榜生的代名词，滨海中专也不复存在。更加讽刺的是，这个原本诞生过不少国家栋梁的篮球场，成了城市的“灰色地带”。入夜之后，没有哪个家长敢让孩子靠近篮球场，但凡会来这里的人，多半染着黄毛、带着文身，手里不是拿着板砖，就是拿着四十厘米左右的金属棍，他们张嘴闭嘴就是“扑街[①]”“顶你个肺[②]”，没有一丝一毫的文化气息。

凌飞坐在废弃篮球场旁的山坡上，嘴里叼着烟，默默看着下面两帮对峙的小混混。他耳朵上挂着一副大耳机，口袋里放着这个年代的家庭并不多见的新款随身听。随身听里，郑伊健的那首《友情岁月》让他觉得，自己和下面那些提着钢管的小混混有一些疏离。

这盘磁带，当时内地并未发行，歌曲全是凌飞自己刻录的。他的好兄弟肥西和细佬谢，以及身边大多数的混混们，都比较喜欢《热

① 扑街：粤语中咒人的词，有“倒霉”“该死”的意思。

② 顶你个肺：粤语粗话，多用来表达惊讶或不满。

血燃烧》,可他偏偏钟情于略带忧伤的《友情岁月》,仿佛他对这个世界的看法和感情,与常人不太一样。

山坡下,篮球场里的两批混混越靠越近,刚才出来谈判的细佬谢显然顶不住了,撤到了人群后头,另一边,靓仔杨带着人叫骂着冲了上来,眼看着两边的家伙已经撞在了一起。

凌飞并不着急,哼着歌,又点了一支烟。

他并不喜欢抽烟,但作为这帮外来客的带头人,他认为抽烟比较符合气质和身份。

他不是第一次来篮球场和人约架了,他这帮小弟,已经算得上身经百战。上一次是和龙庭中学的混混头子乐少,只可惜那小子战斗力太弱,被凌飞一砖头拍下去,见了点红,立马怂了。

这回约架的原因很简单,靓仔杨的小弟在学校和凌飞因争抢球场发生冲突,那小弟骂了凌飞一句“北姑的仔”,就有了这次约架。

“北姑”是香港人发明的词语,多指内地入港从事色情行业的女子,随着打工潮的来临,这个词流传到了南方沿海。然而,对于凌飞来说,这个词语触犯了他的底线。

那个时候,学校里的热血少年由于地域歧视发生的冲突本就不少,不单单是带有恶意的谩骂,即便是土著一句很稀松平常的玩笑,也容易触动外来客的敏感神经。而《古惑仔》电影的流行,更让这帮内陆打工仔的后代抱成一团。

篮球场里此刻已经乱成一锅粥,两边的人打在一起。凌飞清楚地看见,冲在最前头的是肥西,每次打架,他都仗着体形优势和皮糙肉厚,做队伍的先锋。但今天有些不一样。凌飞发现,原本己方占了人数优势的队伍正在节节败退，对方的人好像越打越多。

他掐灭烟头，摘掉耳机，不安地站起身来。这时细佬谢跌跌撞撞地跑了上来，结结巴巴地说：“太子飞，完蛋了，下面出事了。”

“慌什么？靓仔杨又不是第一次跟我们过招，他几斤几两我清楚得很！”凌飞沉声说道。

细佬谢摇着头说：“不是，这次不同，他们向刀疤仔搬了救兵！”

“刀疤仔？上次把他扔进河里，他水还没喝饱？”凌飞顿时恶向胆边生，抓出口袋里的随身听抛给细佬谢，随手捡起地上的半块砖头，从山坡上冲了下去。

凌飞以百米冲刺的速度冲进了人群，看准人群里的靓仔杨，一脚把他踹翻在地上，上前提住他的衣领，抬起砖头，大吼：“谁他妈还敢动！”

一瞬间，周围嘈杂的声音立刻平息，打得不可开交的两派立刻分站两边。凌飞冷眼横扫周围那帮乌合之众，那帮人，居然没一个敢上前的。

实际上，靓仔杨那边的当地人都深知，这帮北佬的孩子里，凌飞算得上头号打仔，真要玩起命来是毫不含糊的，此刻，谁都不想当出头鸟吃凌飞的亏。

靓仔杨也被吓了一跳，咳嗽一声，却还是嘴硬，说：“太子飞，我知道你生猛能打，不过今天，你就是干死我，我这边几十个弟兄，也能把你们那帮死扑街收拾干净！”

凌飞红着眼，狞笑着说：“行，姓杨的，那老子先给你开个瓢儿！”说完，砖头已经举过头顶。

就在这时，不远处传来一声大喝："干什么的！都住手！"

与此同时，篮球场中的两派人中也发出了两声大喊。靓仔杨那边是一声"差佬"，凌飞这边是一声"条子"，紧接着，一帮乌合之众作鸟兽散，开始没命地狂奔起来。

凌飞一把推开靓仔杨，厉声放了一句狠话"下次弄死你"，接着调头就跑。

第二章　抓捕行动

等两名巡逻的治安民警赶到篮球场的时候，这里的小混混们已经跑得七七八八。两人并没有去追的打算，只是无奈地摇头，年纪稍长的那位叹了一句："年纪轻轻不学好，学当'古惑仔'，真以为内地是电影里的香港？"

对于这两位民警来说，最近的巡逻工作的确让他们很头痛，如果不是半个月前那一单凶杀案，省厅也不会对本市的治安情况如此重视。

不过，如果不是最近的巡逻，他们怎么都不会想到，1997 年的滨海市，竟突然出现了那么多的小混混，他们没有组织纪律，不成帮派，但三五成群，称兄道弟，个个自以为是"浩南哥""山鸡哥"。这帮人比真正的犯罪团伙更棘手，他们做事没有目的，不知轻重，有些甚至是未成年人，为了所谓的"义气"可以不计后果。

"真是麻烦。"另一名年轻的民警也说，"好好的礼拜六，还要巡夜。”

老民警笑着拍了拍年轻民警的肩膀，说：“别抱怨了，现在那帮跑一线的比我们更头痛。”

“那倒也是。”

老民警的话并不是开玩笑，至少对于城南分局刑警队副支队长陈学武来说，今晚，是个不眠之夜。

他的车正停在离火鸟歌舞厅不足百米的街边。他在车里坐了一个多小时，几乎抽完了一包香烟。今晚并不是例行检查，而是抓捕行动，警方已经有足够的证据证明，火鸟歌舞厅存在容留卖淫、窝藏犯罪分子等多宗非法勾当，火鸟歌舞厅的老板梅姐，是近几年道上有名的女混混。

但在陈学武的记忆里，梅姐还是那个不谙世事的来粤打工妹，一个命运多舛的可怜女人。

他把最后一根香烟掐灭，打开车门，身后的年轻警察早已经跃跃欲试，他们迅速冲进了火鸟歌舞厅。

灯红酒绿、觥筹交错戛然而止，舞厅中搂肩跳舞的男女分站两边。陈学武穿过人群，直奔后台，但从后台几名衣着暴露的女子口中得知，今晚梅姐没有来。

他重重地叹了口气，梅姐不在舞厅，就一定在家里，这是他最害怕的情况，他不想去家里抓人。可陈学武别无选择，立刻驱车赶往滨海南路的那条巷子。

这条路，也是他回家的路。

敲开梅姐家门的时候，这个女人正在客厅里打包东西。

“小梅，你要走？”陈学武明知故问。

“是啊，想回家看看，这么晚了有什么事儿吗？阿 sir？”凌小梅笑了笑，那笑容已经褪去了十七年前的青涩，变得有些妖娆妩媚。她已经三十六岁了，早已不是那个见了生人紧张颤抖的打工妹。

“不要叫我阿 sir，我不是香港警察，我是人民公安！”陈学武冷声说。

“好，公安大哥，你有什么事？”凌小梅坐下来，点了支烟，笑着问。实际上，她拿烟的手已经微微颤抖。

陈学武叹了口气，说：“我现在找你，你会猜不到是为了什么事吗？”

“也对。”凌小梅淡淡地说，“我知道，那个畜生已经死了，你们最近严打，查到我那个场子，是早晚的事。”

“我劝过你不要做越界的事情。”陈学武又说。

“都是为了混口饭吃，我来这里十七年了，你帮过我不少，我记得，也谢谢你，但你始终不是我，你不知道我的日子是怎么过来的。”凌小梅猛吸了一口烟。

陈学武摇了摇头，说：“你这么做，对得起你自己，对得起你儿子小飞吗？”

“小飞？我要不这么做，他早就饿死了。”凌小梅站起来，冷冷地说，“我不养他，给你养，你养吗？”

陈学武不知道该如何回应凌小梅的话，他早就知道会有这一天，可真正面对的时候，还是难免伤感。

凌小梅反而冷静了下来，缓缓地说：“都是命！走吧。”她抬起了双手。

陈学武愣了一下，凌小梅的镇静出乎他的意料。他拿出手铐，轻轻地铐在那双纤细的手腕上。

凌飞突然推门进来，茫然地看着眼前的一切，“妈，学武叔，你们在干什么？！”

第三章　谁也不能带走我妈

十几分钟前，凌飞在逃窜的路上，遭遇了靓仔杨小弟的埋伏。很显然，凌飞大意轻敌了，靓仔杨做了充分的准备，一招招的后手让凌飞猝不及防。

凌飞和一同逃跑的几个人走散了，但对方也没占到什么便宜，凌飞在逃回家之前，又放倒了三个靓仔杨的小弟。到家后他才意识到自己的身体已经到处是伤，疼痛袭遍全身，可眼前这令人费解的一幕更让他震惊。

陈学武也呆住了。真的是怕什么就来什么，他不想在家中抓捕凌小梅，就是怕对凌飞造成影响，却偏偏被他撞了个正着。

凌小梅抬起戴上手铐的双手，轻抚凌飞的后脑勺，微笑着问：“又打架了？”

“妈，我……”

“以后少跟人打架，之前妈还能罩着你，以后可就全靠你自己了。”

“妈，你什么意思？”凌飞瞪着眼，颤声问。

凌小梅没有回答，而是微微侧过身，说：“左边口袋里有一个钱包，你拿出来，收好。”

“妈……”

“听话，别磨蹭，耽误你陈叔叔的时间！”凌小梅的语气变得严厉起来。

凌飞无奈，只能战战兢兢地从凌小梅的口袋里拿出钱包。凌小梅长长舒了口气，转过身对陈学武说：“好了，你可以带我走了。”

陈学武没有说话，带着凌小梅向门外走去。凌飞哪里肯让，他冲上来一把揪住陈学武的胳膊，厉声问：“陈叔叔，你干什么？你要把我妈带去哪里，她犯了什么错！？”

凌小梅厉声制止：“凌飞，住手，不要对陈叔叔没礼貌！”

凌飞却依然不撒手，大吼：“我管你是谁，你给我说清楚，凭什么抓我妈？”

“凌飞，你母亲涉嫌多宗非法交易。我是秉公办事，你别妨碍我执法。”陈学武厉声道。

“你他妈胡说八道！”凌飞瞥了一眼陈学武别在腰间的警用手枪，龇牙咧嘴地说，“你今天要带走我妈，可以，有种你一枪崩了我！”

听见屋里的喧闹，门外看守的刑警冲了进来。

陈学武独自进门实施抓捕，已经是违规行为，这会儿又闹出了动静，他们不可能坐视不理。两名刑警不由分说地架住凌飞，把他狠狠地拽出去，凌飞拼命挣扎。他哪里是刑警的对手，两名刑警瞬间把凌飞按倒在地上。

“你们干什么！要抓我可以，别动我儿子！”凌小梅大叫，扭头死死盯着陈学武，激动地说，“你的人再敢动小飞一下，我今天决不出这个家门！放了他！”

陈学武开口想要劝解，一名刑警猛然抬头，满脸怒容地说：“凌小梅你给我老实点儿，你以为这里是你的场子吗？你以为你还是梅姐吗？走不走由不得你！你知不知道妨碍执法是什么后果！”说话之间，那名刑警的手已经按在了腰间。

“你们放开他！”陈学武看着凌飞长大，自然也看不得他身处险境。

“陈队，你刚才的做法已经违规了，再这么下去，谁都不好交代，这个小子是街区出了名的‘古惑仔’，抓去少管所都不为过，你没必要护着他！”一名刑警说。

“少废话，给我放开他，带人走，有事我一人承担！”陈学武厉声吼道。

两名刑警迫于陈学武的威慑，慢慢放开了挣扎的凌飞，回身去押住了凌小梅。他们受了委屈，对凌小梅可就没那么客气了，推推搡搡地带着凌小梅往外走。凌飞浑身是伤，挣扎着爬起来，眼看着就要再次冲上去，一个身影突然挡在了凌飞面前，紧紧地抱住了他。

“弟弟，你别激动，别怕，有姐姐在！”一个温柔的声音传进了凌飞的耳中。

第四章 覆巢之下

在陈婉秋的记忆里，凌飞永远带着让人琢磨不透的忧郁气质。

那个年纪的少女，恰恰最容易被这种哈姆雷特王子式的没落贵族特质所吸引。

1985 年因为工作调动，陈学武一家搬到了滨海南路这条南北人士混杂的小巷子里，陈婉秋和凌飞成为同学，后来成为同桌。

陈婉秋眼中的凌飞，有着和年龄不相称的深邃目光，他话不多，待人散漫，却又争强好胜；他成绩不差，却永远一副“古惑仔”打扮，和班里的末等生混在一起，干一些令人不齿的勾当。

尽管如此，班里还是有不少喜欢凌飞的女生，她们眼中的凌飞更像是现实版的“陈浩南”，放荡不羁却讲义气，于是私下给他取了个充满“正义”的绰号——太子飞。

但陈婉秋认为，没有人比她更关心凌飞。

这些年，当凌飞逃课的时候，是她利用班长的身份，为凌飞打马虎眼；凌飞打架受伤的时候，是她带着酒精和药棉来到篮球场旁的后山，帮他擦洗伤口；连她的父亲陈学武，也不止一次对她说，一定要好好帮助凌飞，不要让凌飞误入歧途。

陈婉秋并不知道自己为什么护着他，不过有很多事本来就看不透、说不清。

这一刻，凌飞在她的怀里。周围的人都惊呆了，那两名刑警都认识陈学武的女儿，这一幕的发生，着实让人始料未及。

陈学武也是要面子的人，立刻带着凌小梅离开，并让两名刑警跟上。凌小梅没有反抗。

凌飞居然也安静了下来，像是被驯服的猛兽。他的目光透过陈婉秋环抱的臂弯，看到身边散落着凌小梅还没打包好的衣物，仿佛雏鸟看着倾塌的巢穴，愤怒却无能为力。覆巢之下，焉有完卵？

“好了，你走吧。”凌飞开口了，语气很平静。

陈婉秋早已预见了他的态度，却还是低声问：“你身上的伤……”

“我自己处理。”凌飞说，“你回家吧。”

“我担心……”

“跟你没什么关系。”凌飞冷冷地推开她，回到沙发边，颤抖着从口袋里摸出一包被压扁的良友，这包烟是从凌小梅的歌舞厅顺回来的。

凌飞点着了烟，猛吸了一口，任由烟雾进入鼻腔，侵入肺部，顿时觉得一阵头晕目眩，甚至有些想吐，不由得仰起头来。

“你别抽烟，对身体不好。”陈婉秋关切地说。

“滚。”凌飞仰着头，声音不大，但态度坚决。

陈婉秋觉得有些尴尬，但很快就接受了凌飞的态度，说：“那你今晚先早些休息，明天别忘了去上课。”

凌飞没再回答，香烟带来的晕眩，让他一时什么都不想说。直到陈婉秋关门离开，他才摸索到茶几上的电话，拨通了肥西张峰的号码。

“喂，到家了？你也让那些扑街仔埋伏了？”电话接通，凌飞听出那边就是张峰的声音，于是直截了当地开口。

张峰刚刚到家，在回家的路上，他同样遭到了靓仔杨手下的伏击，但身边有几个小弟跟随，倒没吃什么亏。即便如此，生性执拗的张峰依然觉得憋屈得不行，一边说话，脸上的横肉一边不停地颤抖，“戳鳖[①]，没想到这个王八蛋这么阴。”

张峰来自赣北，说话一直带着口音。这帮外来客当中，他不仅能打，而且能用家乡话和本地人的粤语对骂五分钟不带重样的。

“这事没完。”凌飞说，“今天撞了‘条子’，谁都没占到便宜，他们肯定也不甘心，你找几个人，再跟他们约，时间、地点弄清楚了，再派人去摁住刀疤仔，别让他再来搅和。”

说这段话的时候，凌飞竭力克制情绪，不让张峰听出来他今晚受到严重的打击。

张峰心大，什么都没感觉到，立刻说：“好，你是大哥，你说了算。下回看我不弄死这王八羔子！”

凌飞深吸一口气，“嗯”了一声就挂断了电话。一种难以言表的心酸自胸口迸发，他号啕大哭起来。

第五章　树倒猢狲散

火鸟歌舞厅的正门口挂着“未成年人免入”“严禁黄赌毒”等标语，但事实上，这里从来没有拒绝过十八岁以下的少年。凌飞从十四

① 戳鳖：江西方言，骂人的话。

岁开始，每一个生日都是在这里过的，凌小梅也从未阻止儿子接触成人的世界。在凌小梅的心里，自己就是因为太晚接触社会的阴暗面，才会落到今天这步田地。

“太子飞”这个名字的蹿红，并不仅仅因为凌飞“浩南哥”一般的气质，更源于梅姐在混混圈子里的地位。

这一晚，在对火鸟的依法查封行动中，不仅抓捕了一大批违法犯罪分子，也有不少未成年人要进少管所。有几个凌飞的小弟在逃窜过程中来到了火鸟歌舞厅，也被当场拿下。这一点是他们始料未及的。换作以往，火鸟是他们的避风港，只要他们来到火鸟，说自己是太子飞的朋友，梅姐一定会关照他们，绝不会让外人进来动他们一根汗毛。这个时代，截至今晚，完全结束了。

对于这帮外来客混混来说，火鸟的覆灭之于他们，就如同二十世纪七十年代末香港 OCTB[①] 的成立之于黑帮；也如近一个月后香港回归祖国之于港区犯罪组织。

微末之处，一个不起眼的时代正在垮塌，牵动着、改变着许多少年的命运。

这次警方行动的成功，并没有给陈学武带来好处，因为在行动中的不当行为，他被停职调查。

陈学武问心无愧，警方也并非不近人情，他知道自己很快就会复职。在这期间，他又做了一个让许多人大跌眼镜的决定——收留

---

① OCTB：有组织罪案及三合会调查科（Organized Crime and Triad Bureau，俗称“O 记”），由从前的有组织及严重罪案调查科（OSCB）及反三合会行动组（DATS，俗称反黑组）合并而成，隶属于香港警务处刑事及保安处刑事部，主要负责调查复杂的有组织罪案及三合会罪行。

凌飞，代替凌小梅照顾他。

当他做这个决定的时候，凌飞正准备和靓仔杨决战。

废弃篮球场已经被警方盯上了，和靓仔杨约架的地点改在了市南郊的海边。滨海市尚未进入雨季，人迹罕至的南郊海岸线，依然露着嶙峋的礁石和破碎的贝壳，还有堆砌的生活垃圾。

坐在海边，凌飞再次承受了心理上的严重打击。因为他手底下的人，只来了不到十个。站在他身边的细佬谢一脸窘迫，肥西骂骂咧咧。

从细佬谢口中凌飞得知，梅姐被抓的消息传得很快，很多人认为这是太子飞失势的前兆，也有很多人经历这次事件后，受到了深刻的教育，不愿意再做混混，过整天打打杀杀的生活了。

凌飞理解他们，却不能接受这一事实。

在他们对面，靓仔杨身后依然跟着二十几号人，刀疤仔也在其中，一脸耀武扬威的样子。按照凌飞的计划，原本是让一帮人设法摁住刀疤仔，再和靓仔杨决斗，但如今计划完全失败，他们一点胜算也没有了。

“哥，你说怎么办？王八蛋！要不咱们冲上去，也未必就会输。”肥西低声吼道。

细佬谢立刻反对，“你可拉倒吧，就现在这样，必输无疑，你当我们个个都是少林寺下山来的吗？打架事小，万一再攮死一两个，我们全都得进去！”

一提到“进去”两个字，凌飞的表情微微有了变化。他沉默了一会儿，说：“不过，现在人都来了，总得有个说法。”

细佬谢表情有点为难，他忸怩了一会儿，说：“哥，要不我去跟他们谈谈？咱也不一定非要打，好汉不吃眼前亏，你说是不是？”

“你的意思，就是认怂呗？怎么次次就你最怂？”肥西怒瞪着细佬谢。

“我不跟你个没脑子的吵。”细佬谢一挥手，转而看着凌飞，说，“哥，就听你一句话吧，咱们从小玩到大，怎么说也算同生共死了，你说打，就打，你要信得过我，我去跟他们谈。”

所有人的目光都落到了凌飞身上，空气仿佛在这瞬间凝固了。凌飞犹豫了一会儿，艰难地点了点头，说：“去吧。”

“哥，你真认怂？”肥西一脸愤怒和诧异。

凌飞没有说话，点了一支烟。最近，他感觉自己好像有了烟瘾。

第六章　细佬谢的江湖

细佬谢深吸了一口气，缓步向不远处那气势汹汹的二十几个人走去。

对面没有人上前来发难。这是约架的规矩，谈判是必不可少的环节之一，有的时候，这个环节能够成功避免一次你死我活。

凌飞默默盯着“深入虎口”的细佬谢，他听不清对面在谈什么，但他清楚地看到，细佬谢被对方侮辱性地拍了几次后脑，对面还爆发出了好几次哄笑，而细佬谢一直低着头，显得无比谦恭。

如果换了以前，凌飞绝对不吃这个亏，但今天，他一直默默抽着烟，不动声色。相比之下，肥西早已经按捺不住，好几次想要冲上去，却被凌飞伸手拦住。

过了五六分钟，细佬谢回到凌飞身边，低声说：“对方的要求是，学校的篮球场，只要有他们的人在，我们就不许出现，否则见一次打一次；以后见了靓仔杨，要问好，叫一声靓仔哥。如果……如果没意见的话，麻烦太子飞，过去赔一句不是。”

“呸！戳鳖的，还不如直接开打，谁怕谁，真当哥几个怕他们？”肥西厉声说。

凌飞拍了拍肥西的肩膀，自顾自地向靓仔杨走去。

出来混，总是要还的。此刻的凌飞，深刻感受到这一点。曾经众星捧月般的成就感，随着凌小梅被捕，已经消失殆尽，现在的他什么都不是。

凌飞来到靓仔杨的面前，尽量无视那二十几个人嘲讽的目光，低声说：“靓仔哥，对不起。”

靓仔杨抬手在他头顶狠狠一拍，说：“不会说本地话吗？学不会就滚回北边去，别来这里丢人。”

凌飞低着头，紧咬牙关，过了很久，才再度开口，说：“靓仔哥，对唔住。”

对面的人群中爆发出了胜利者的欢呼，他们开始一个接一个地朝凌飞面前的地上吐口水。凌飞感觉，空气中的臭味肆无忌惮地侵入他的鼻腔，直到所有人都散去，他才慢慢抬起头，胸口激烈起伏。凌飞转向身后，只有细佬谢和肥西还在。

“你出的好主意！我们什么时候受过这种委屈！”肥西大吼，

“细佬谢，我看你就是一吃里爬外的叛徒，靓仔杨是不是给你好处了！”

“别废话，死胖子。”细佬谢推了肥西一把，接着搂住凌飞的肩膀，说，“哥，咱们这就是个缓兵之计，我知道你没受过这委屈，但面子这东西，丢了就丢了，以后咱们找回来，但命丢了，就……”

“行了。”凌飞不想听细佬谢解释，说，“你说什么缓兵之计，你有什么后招？”

细佬谢干咳了一声，说：“哥，你认识爆樽哥吗？”

凌飞的确听说过。爆樽哥是一个名副其实的地头蛇，具体是干什么营生的，他不知道，但肯定不是什么好人。

凌飞点了点头，细佬谢又说：“我跟爆樽哥是打游戏认识的，他手底下有人，哥你信得过我，就让我跑一趟，让他出面把这事平了，相信以他的江湖地位，咱们不会吃亏。”

“细佬谢，我当你是兄弟，是发小，从来不多说你什么。”凌飞冷冷地说，“不过你能不能改改自己哈巴狗的个性？你可别忘了，咱们是什么身份。”说完，他头也不回地往前走。

细佬谢还想开口说什么，却被肥西一把打掉了伸出的手。

“干什么你！”细佬谢一惊。

肥西咬牙切齿地说：“你以后不再提给本地人当狗的事儿，咱们还是兄弟，你要再说，我第一个弄死你！”说完，他立刻跟上了凌飞，只留下细佬谢一个人在原地默默发呆。此刻细佬谢心里也憋屈，可在他的价值观里，所谓的尊严，根本算个屁。江湖就是江湖，只有活着才有机会。

而这一切，也许凌飞和肥西这样的人，永远都不会懂。

第七章 凌飞的江湖

凌飞回到家的时候天已经黑了，他没有想到陈婉秋会在门口等他，而且叫他去家里吃饭。凌飞想要拒绝陈婉秋，但饥肠辘辘的他，确实无处可去，最后只能答应下来。

陈学武对凌飞很热情，这让他感到尴尬、不习惯。他还是对陈学武抓了自己母亲的事情耿耿于怀。

刚一坐下，陈学武就从钱包里抽出两张十元现金递给他。凌飞稍有迟疑，却还是接了下来。陈学武犹豫了一下，说道："凌飞，等你母亲的案子有定论了，你想看你母亲，我可以安排。"

凌飞没有说话。他其实很想自己的母亲，可他的内心很矛盾，又不愿意面对母亲即将身陷囹圄的事实。他纠结地点了点头。

餐桌上，陈婉秋不断给凌飞夹菜，凌飞一言不发，照单全收。他很饿，这饥饿感不仅源于肉体，更来自内心，因为他知道，未来还有的是忍受孤独、忍受饥饿的时候。

陈学武的话很多，无非是劝凌飞好好读书、用功上进之类的老生常谈，但都是他的肺腑之言。

一顿饭过后，凌飞站起身来，擦了擦嘴，说："叔，我走了。"这个时候的他，连一个谢字都说不出口。

陈学武理解他的心情，只是苦笑着摆了摆手，说："回去吧，早点休息，别老逃课。”

凌飞转身就走，一句话也不肯多说。

凌飞关门的声音，让陈学武的心微微一颤。此刻的他，心情很是复杂。他忽然想起多年前的那个夜晚，那时妻子执意和他离婚，跟着一名香港老板跑去了海的那一边。而刚满月的陈婉秋嗷嗷待哺。那一刻，他下定决心，即便是一个人，也一定要把这个孩子好好抚养成人。那种责任感充斥心胸。而今天，对待凌飞，他竟又有了一种莫名的责任感。细细想来，这么多年了，他还从未把感情投入到除女儿之外的任何人身上。

或许，是因为对凌小梅的愧疚吧？他对自己说。可是，她知法犯法，难道我不该抓她吗？我又有什么错呢？我又为什么要内疚呢？

陈学武想不通，也不愿再多想。人到中年，往往会明白回避的好处，回避能省掉很多的麻烦。

凌飞出了陈学武家之后，并没有立刻回到那个仅仅几步之遥的家中，而是直接去了滨海农贸市场。他要找一个人，这人叫叉烧。

叉烧并不是卖叉烧的，他是一名屠夫，因为从小不学好，父母常用一句“生条叉烧都好过生你”责骂他，久而久之，大家也就都习惯于称呼他叉烧了。

当时，农贸市场缺乏监管，城管系统也尚未成熟，这种地方成为混混盘踞的“灰色地带”，很多人白天卖生肉，晚上则私底下为小混混们提供管制刀具。

凌飞听过用卡簧打架的，但他从未用过。他多少还有些底线，不至于没轻没重。但是今天，他却想给靓仔杨和刀疤仔放点血。他们触犯了凌飞的底线。凌飞的底线，就是他的尊严。凌飞的江湖，依旧是古典的江湖，义气的江湖，尊严的江湖。

叉烧的铺位在农贸市场的角落里，夜里九点多，只有他这儿还亮着灯。叉烧正在一张小方桌前喝酒，酒桌上摆着一盘吃了一半的叉烧。看见凌飞过来，他油腻的脸上堆满了笑，说："嘿嘿，今天怎么太子飞亲自来了，让细佬谢过来就行了。"

凌飞没说话，把十块钱拍在桌上。

"钢管？"叉烧笑着说。

"卡簧。"凌飞冷冷地说。

叉烧愣了愣，说："你们打架不是不用那东西吗？"

"卖不卖？"凌飞又问。

叉烧心里打鼓了，对于他这种老"古惑仔"来说，凌飞他们也就是小孩子过家家，打打闹闹，卖几根棍子给他们玩玩没什么，但真动了刀子见了血，可就是大事了。他站起来，把凌飞拉到自己身边坐下，说："太子飞，不是我说你，年轻人打架解恨是常有的事，但可千万别玩命，咱们法治社会，可不兴黑社会那一套的。"

这些话从叉烧嘴里说出来，凌飞听着暗暗发笑，把另一张十元也拍在了桌上，说："我知道你有，拿出来吧。"

那时，叉烧卖一天的肉，也未必能赚来二十块钱，他确实是心动了，伸手盖住桌上的钱，笑嘻嘻地说："我知道太子飞是有分寸的人，不过，可别玩过火了，上个月建业大道刚出了一档子事，现在'条子'查得严着呢。"

凌飞脸上依旧挂着冷笑，说：“就算被抓到，也跟你没关系，刀子是我跟人打架的时候抢来的。”

叉烧这下才算放心了，把二十块钱紧紧攥在手里，转身在案板下头的柜子里小心翼翼地拿出几样东西来，放在凌飞面前，说：“来，挑一挑。”

第八章　古典流氓精神

有人说，南方地区，尤其是靠近香港地区的早期流氓精神，就是中世纪堂吉诃德式骑士精神的死灰复燃，是一种可笑的“招魂”。也有人说，这实际上是人类原始、愚昧而质朴的社会属性的释放。为了所谓的义气和尊严，可以不顾一切。而这样的特征，在血气方刚的少年人身上，得到了最为充分的体现。

凌飞到家的时候，已经是深夜了，他把玩着手里的那把卡簧，有种莫名的成就感，仿佛只有拿着这种东西，自己才算是合格的“古惑仔”。

卡簧又叫“侧跳”或者“跳刀”，属于折叠刀的一种，二十世纪八十年代至九十年代，这东西备受街头混混的青睐。卡簧刀刃锋利，刀身短小，易于隐蔽，只要使用得当，既具备威慑力，又伤人不至死。唯一“美中不足”的是，这东西并不好买，属于管制刀具，被抓着了，还是免不了要进去待几天。

凌飞把这东西藏在了枕头下。接下来的几天，他在靓仔杨经常出没的游戏厅、歌厅等地点蹲守，寻找靓仔杨落单的时候。他从来没有如此认真地做过一件事，此刻的他就是一个独行侠，为尊严而战。

整整半个月的时间，凌飞都在重复着同样的事情。他自以为神不知鬼不觉，却还是逃不过陈婉秋的眼睛。六月底的夏夜，凌飞刚刚回到家，陈婉秋就敲响了他家的门。

陈婉秋的到来让凌飞有些惊慌失措，他甚至还来不及藏好茶几上的卡簧。他立即用冷脸来掩饰内心的不安，说："你来干吗？"

"你怎么这么晚才回来？不是五点多就下课了吗？"陈婉秋一改往日温柔的语气，严肃地问道。

"跟你有关系吗？我乐意去哪里就去哪里。"凌飞一屁股坐在沙发上，两手抱在脑后，淡淡地说。

陈婉秋向前一步，抓起茶几上的卡簧，问："这是什么？"

"水果刀。"凌飞说。

"凌飞，你别忘了，我爸是刑警，你以为我没见过这个东西吗？"

"我乐意用这个来削水果皮，怎么了？碍着你什么事了？"

陈婉秋把卡簧狠狠地拍在桌上，说："凌飞，别人可以不管你，但我不可能不管你！"

"凭什么？"凌飞眉毛一挑，看着陈婉秋。

"凭……"陈婉秋似乎被哽住了，"凭我……凭我是你姐！"

凌飞冷笑一声，回应："你说是就是了？你要是我姐，那意思就是，我爹亲手把我妈送进监狱去了呗？"

陈婉秋沉默了好一会儿，才开口："凌飞，我知道你心里难受，但是……咱们都还那么年轻，如果走错一步，可能会毁了我们一辈子。

你可以不在乎我的感受，但你不能害了你自己。”

凌飞早已经听烦了这样的说教，刚想发作，电话响了起来。凌飞立即接了电话，看都不看陈婉秋一眼。

电话那边传来了肥西的声音：“哥，你没睡吧？”

“有话说。”凌飞不耐烦地说。

肥西说：“我知道你最近在蹲靓仔杨，今儿晚上，他在魅力卡拉OK厅，316包厢，就俩人，好像是会朋友，身边一个小弟都没带，你来不来？”

凌飞立刻站起来，险些把桌上的电话扯到地上，说：“好，等着。”

挂断电话后，凌飞恶狠狠地瞪着陈婉秋，伸出手，说：“东西给我。”

“不可能！你要去哪里？”陈婉秋退后一步。

“你不给我我抢了。”

“你抢呀！”陈婉秋说，“你别忘了我爸是干什么的！”

“我还怕你了？”凌飞被陈婉秋一激，一个箭步上去，一把拽住陈婉秋的胳膊，抬起手来，但手到了半空中，最终还是放了下来。他忽然觉得自己这么做很低级。

他放开陈婉秋，说：“行，你喜欢那玩意儿，你留着玩吧，以后少管我的事。”说完，他转身就走。

陈婉秋急了，大声喊：“等等，凌飞，你去哪里？”

“少管！”话音犹在，凌飞已经“嘭”的一声关上了门。

第九章 砸场子

二十世纪九十年代初，卡拉 OK 自中国台湾传入内地，那时候的歌厅就是藏污纳垢之所。去卡拉 OK 厅唱歌，是小混混们的“时尚”。

凌飞和肥西在距离卡拉 OK 厅不足五十米的街角会合。肥西一脸立了功的兴奋神情，不住地向凌飞描述自己如何跟踪，如何巧妙地使对方无法察觉。凌飞只是淡淡地问：“你怎么知道我在找靓仔杨的麻烦？”

肥西一拍凌飞的后背，说：“哥，这你就见外了吧？咱们几个穿一条裤子长大，你的事就是我们的事，你不告诉我们，是怕我们担心，但我们总不至于不管吧？”

凌飞冷笑一声，说：“你们？我怎么只看见你一个？”

肥西摸了摸油腻的脸，赔笑说：“哥，这……这就不能怪细佬谢了，说实话，我虽然也讨厌他怂包的个性，不过这回，如果不是他提醒，我还真未必能想到你会找靓仔杨麻烦。不过，他人就没来了……”

肥西又挠了挠头，眯缝着眼睛，笑着说：“你知道他，怂货，这种事，不敢参与。”

凌飞笑了笑，心里暗骂了一声“垃圾”。

肥西觉得气氛有些尴尬，赶紧岔开话题，说：“哥，你家伙呢？细佬谢跟我说，你跟叉烧拿了把家伙。”

凌飞一听他提起这个，气就不打一处来，冷冷地说：“没家伙就不能办他了？走！”

一路上，他们没有遇到任何阻拦就来到了316房门前。透过门上的玻璃看进去，凌飞很快确认，肥西的情报没有错，果然就只有两个人，一个是靓仔杨，另外一个人他不认识，二十岁左右，穿着黑色背心和牛仔裤，肩膀上有文身，一看就是“同道中人”。

凌飞二话没说，一脚踹开了房门。里头的两人显然大吃一惊，那个文身男原本想站起来，却好像腿软似的滑回到沙发上。凌飞顿时更有自信了，这人看起来不好惹，没想到却是个“软脚虾”。

靓仔杨反而表现得比较镇定，说：“你们两个想干什么？这里可不是你们能闹事的地方！”

凌飞还没开口，肥西笑着说：“王八蛋，吓唬谁呢？老子是吓大的！”说完，一个箭步冲上去，一把把靓仔杨摁在桌上，操起旁边的一个酒瓶就狠狠地砸了下去。

肥西的举动把凌飞也吓了一跳，幸好这酒瓶只是砸在了靓仔杨面前的桌上，并没有直接照着他头上来。但靓仔杨的帅脸还是因为飞溅的玻璃碴挂了彩，而且完全失去了刚才的镇定，彻彻底底地怕了。

肥西拎起他，扔在旁边的沙发上。

靓仔杨大口喘着粗气，结结巴巴地说：“你们，到底要干什么……”

凌飞两手抱在胸前，淡淡地说：“本来是想让你小子放点血，长长记性的，不过你运气好，放血我就给你免了。”说完，他对肥西挥挥手，说，“带出来！”

凌飞走在前头，肥西押着靓仔杨在后，三人来到距离魅力卡拉OK厅不远处的电话亭前。

“你们要干吗？”靓仔杨一脸不安地打量着凌飞和身旁的肥西。

“给你的兄弟一个个打电话，告诉他们，你认怂了，以后绝对不再招惹任何外来客，绝对不在学校的篮球场出现。”凌飞说。

靓仔杨颤抖着拿起话筒，老半天才说：“我……我记不住他们的号码。”

“那就打给所有你能记住的人，让他们互相转达。”凌飞从路边捡起半块砖头，说，“你最好不要考验我的耐性。”

靓仔杨唯唯诺诺地点了点头，颤颤巍巍地摸出电话卡，开始拨电话。

整个过程持续了半小时左右，凌飞不禁暗暗赞叹，这个靓仔杨的小弟果然多，这一溜下来，打了二十多个电话。最后靓仔杨反复恳求，说自己确实已经记不住电话了，凌飞才罢休，提着他的衣领，冷笑着说：“这次算是放你一马，下回……呵呵。”他转身离开，走了几步，又回过头去，补充说：“你小弟多，没错，但你能保证他们能一天二十四小时守在你身边吗？”

靓仔杨靠在电话亭旁，已经一句话都说不出来。刚才包厢里头的那个文身男一直悄悄躲在不远处，观察这边的动静，直到他们离开，才赶紧走上前来。

第十章　卖凉茶的神医

从魅力卡拉 OK 厅回来的路上，肥西抑制不住兴奋，立刻找了家小卖部给细佬谢家打了个电话，想要告诉他今晚的盛况，同时，也不忘鄙视他胆小如鼠。

接电话的却是谢满江。谢满江是细佬谢的父亲，在百货大楼下摆摊卖凉茶的瘦小中年人。细佬谢可以说是遗传了他身上所有的优缺点，父子俩的性格如出一辙。

十七年前一道来粤的外来客里，谢满江算是混得最差的一位。凌小梅虽然已经身陷囹圄，但好歹曾经也是个人物。肥西的父亲娶了本地人，一直都有正经工作，虽然是做体力活，但老老实实、本本分分，老婆也并不排斥他外来客的身份，还会跟他回老家探亲。至于那位三好学生吴枫的父亲吴楚，十七年间，创立了本市非常有名的濠江货运公司，可谓是风生水起。

唯有谢满江，二十世纪九十年代之前，他坑蒙拐骗，跟警察斗智斗勇；九十年代后，他走街串巷，和刚刚成立、尚未成编制的城管斗智斗勇。至于他妻子，同为打工队伍中的一员，在几年前，因为不堪忍受没有出息的他，与他离婚回了家乡，连孩子也没要。凌飞等人也深知，谢满江还不如他儿子细佬谢靠谱。这一点，从细佬谢的本名就看得出来。细佬谢本名叫谢发财，是谢满江在牌桌上给取的。

从谢满江含含混混的语气里，肥西意识到，这家伙又喝多了。电话那头还有细佬谢过来抢听筒的声音，但谢满江骂骂咧咧的，就是不肯给他，还让他早点吃药睡觉。

关于吃药，可以说是细佬谢打小的噩梦。谢满江的祖辈是赣北比较有名的江湖郎中，谢满江自诩神医之后，年轻时也经常打着这个名号招摇撞骗。但是，就他那点儿把戏，根本考不了国家统招，更不可能学习医学专业。大概是多年坑蒙拐骗，让他自己都信了自己那一套邪门功夫，只要是街坊邻居有个头疼脑热，他就要去插一脚，说上几句。大家都不相信他的“医术”，尤其不敢让自己小孩吃他给的药。于是，他的魔爪就伸到了自己儿子身上。

细佬谢从小体弱多病，身子瘦弱，谢满江就每天让他喝自己调配的汤药。用细佬谢的话来说，他能长到十七八岁，已经算是老天眷顾了。

过了好一会儿，细佬谢才从自己的“神医”老爹手里把电话夺过来，问肥西有什么事。

肥西大大咧咧地把晚上的事说了一遍，谁知道，那边却是一阵沉默，还没等肥西开口嘲笑，细佬谢就问：“大哥在你旁边吗？”

“在啊，怎么着？”

“你让他接个电话。”肥西犹豫了一会儿，把电话交到凌飞手中。凌飞接过电话来，听到细佬谢的声音有些发颤，他说：“哥，你们真是在魅力卡拉OK厅抓的人？”

“是，怎么了？”

“哥，出大事了，那个场子是爆樽哥看的，惹上他，可绝对没有好事。”

凌飞冷笑一声，“怎么，动了你老朋友的场子，你不高兴了？你放心，我们只抓了人，没有闹事。”

细佬谢却说：“不，哥，话不能这么说，爆樽哥好歹是这一片有头有脸的人，你在他场子抓人，没事先跟他打招呼，就是落他的面子，他怎么可能放过你？哥，本来我还想让他出面帮忙摆事，现在你先把人场子给砸了，这……”

“你闭嘴！”凌飞怒吼一声，细佬谢立刻不敢说话了，“你给我听着，谢发财，我就是被人打死，也绝对不会求助这些地头蛇，那个什么爆樽哥如果真觉得丢了面子，就来找我吧，本来没想和他闹，但如果他要闹，我连他一起打！”

说完，凌飞狠狠挂上了听筒，“啪”的一声，看店的大妈吓了一跳，站起来就骂：“哪里来的‘古惑仔’，摔什么摔，东西是你家的？”

凌飞扭头狠狠一瞪，转身就走。大妈被瞪得退了几步，直到凌飞和肥西走远了，才再次开口骂道：“扑街仔，你老豆老母怎么生出你这种东西来，早晚坐监！”

第十一章　天之骄子

和肥西分开，凌飞到家已经是夜里十二点多。进门的时候，他感到有些惊讶，整个房间被收拾得干干净净，一尘不染。

自母亲凌小梅被抓走之后，凌飞就再没有收拾过屋子，甚至连衣服都不愿意洗。而现在，所有堆积的衣服都晾在阳台上，洗衣机里头被清理得干干净净，杂乱的书桌整整齐齐，地扫过了，床单换了新的，就连那张多年没擦的镜子，也被擦得干干净净。

他知道这一切是陈婉秋的杰作。

凌飞忽然想起来，他走的时候，陈婉秋还没有离开，而且手里还攥着他那把卡簧。凌飞不由得吓了一跳。他心里还没来得及升腾起感激之情，就开始担忧起来。要知道，如果那东西让陈学武看到了，后果不堪设想。

这些天来，陈学武一直十分相信他，对他照顾有加，可一旦发现他有什么违法的举动，以陈学武这个老警察的个性，怕是不会姑息的。

凌飞紧张地走出门去。不远处就是陈学武和陈婉秋所在的单元，但从楼下看上去，他们家客厅和房间的灯都已经熄了。毕竟是夜里十二点多了，除了他这样的“古惑仔”，可没几个人熬夜到现在的。

凌飞叹了口气，刚要转身回屋，忽然看见不远处一个熟悉的身影步履匆匆地离开。凌飞追上去喊了一声：“吴枫！”

那人没停下脚步，头也不回地走了。

凌飞感觉有些奇怪，吴枫和他爸爸吴楚已经搬离这条小巷子很久了。当年，吴楚是来粤的四个人里头第一个发迹的外来客。吴楚本身是大学生，而且拥有过人的商业头脑，很快就在一家运输公司中被老板看中，晋升管理层。

那个年代，沿海的私企如雨后春笋般快速发展，没过多久，才智过人的吴楚就退出原先的公司，自己单干起来，仅仅用了两年时间，就让他的濠江运输公司在滨海市占有了一席之地，外来客吴楚也成了吴老板。自那之后，吴楚就搬离了这条小巷子。

从凌小梅的只言片语之中，凌飞了解到，吴楚打一开始就看不起共同来粤的其他三人，认为他们都是没文化的旁门左道、下里巴人，而他注定要做人中龙凤。他始终觉得，是因为他搬离小巷，住进市中心的高档居民楼，才使他的孩子吴枫没有成为和凌飞他们一样的混混。

吴枫继承了他父亲的先天优势，在学业方面一直拔尖。虽然他和凌飞同班级，但接触却越来越少。这一点，不仅得益于吴楚的告诫，也在于吴枫自己的选择。

同样的，凌飞等人也非常不喜欢吴枫。虽然十几年前，他们也曾有过短暂的友谊，但早已成了过去式。现在的吴枫，几乎具备了凌飞等人厌恶的所有特点。

首先，是"好学生"与"古惑仔"永远不可调和的矛盾；其次，吴枫长得帅气但文弱，戴着黑框眼镜，说话慢条斯理，这非常不符合"古惑仔"的审美；最后，也是最致命的一点，吴枫和他父亲吴楚都不太喜欢说普通话，喜欢用半句粤语半句英语的交流方式，来彰显自己的不平凡。

学校里有些人私下传吴枫是个港商的儿子，但实际上，吴楚不是什么香港人，而是湘潭人，其父当年也是个知识分子，1973 年自长沙被下放到赣北，吴楚与凌小梅等人相识便是那时候。不过吴楚是恢复高考后的第一批大学生，俗称"新老三届"，到底还是与凌小梅这些人不同路。

总之，这所有的一切，都让凌飞这一类底层人士感到讨厌。当然，吴枫也未见得不讨厌他们。

今天晚上吴枫突然大半夜出现在这小巷口，凌飞感到很诧异。他来干什么？

第十二章 突如其来的处分

第二天一早，凌飞照常去学校上课。凌飞很聪明，虽然平日里不怎么学习，但是成绩也不能算差。他母亲的身份和他的德行，其实老师们都清楚，只要不捅出娄子，就干脆放任不管。

凌飞刚进教室，就被教务处主任叫去了办公室，他感觉气氛有些不对。他混迹江湖，对人情世故有着很敏锐的嗅觉，老师也是人，他们的情绪反应和凌飞接触的那些人没有太大不同。

教务处主任冷眼望着凌飞，厉声说："凌飞，你过来！"

凌飞没说话，在主任办公桌对面坐下。

"谁让你坐的？站起来！"教务处主任厉声说。

凌飞也不知道忽然被叫到这儿来是为了什么，但对方的态度让他气不打一处来。磨叽了半天，他才慢慢站起来，把凳子一脚踹回桌下。

"你什么态度？你当这里是什么地方？"

"有话说话。"老师浓重的本地口音让凌飞极其不舒服，冷声回应道。

教务处主任也站起来，气得直发抖，说："你看看你哪里还有学生的样子，还真是什么人就能养出什么样的儿子来。"

凌飞听了这句话，死死地盯着主任。主任不由得后退了一步，说："干什么，你还想打老师不成？"说着，手已经按在了桌旁的电话听筒上，万一凌飞动手，他好打电话给保卫科求助。

凌飞不屑地侧过脸，一言不发。

主任稍稍缓和了一会儿情绪，坐下来，说：“平时老师对你够宽容的了，你和社会上的闲散人员混在一起，打架、旷课、违反校规校纪，老师都没怎么管你，但你做事也该有个度吧？卡拉OK厅是你该去的地方吗？还去那里打人、毁坏公物，你是不是不想读书了？你如果真不想读了，就赶紧走人，别浪费你陈叔叔的钱。”

凌飞握紧了拳头，依然没有说话，愤怒的同时，他感到有些奇怪。去魅力卡拉OK厅抓人这事儿，除了他和肥西，没人知道，靓仔杨不是本校学生，而且早就退学了，只是个街头“古惑仔”，平时除了来学校打篮球，跟这里的人都没多少交集。再说教务处主任也不至于听信一个小混混的话吧。凌飞怎么想，都觉得这件事不大对劲。

见凌飞不说话，主任有些无奈，又换了语气，说：“你在校成绩不坏，人也聪明，是有希望考上大学的，老师教育你，也是不希望你堕落沉沦，自暴自弃。”

凌飞慢慢转过头来，却说：“谁跟你说我去过卡拉OK厅的？”

“你……你什么意思？”主任再次站了起来，愤怒地一拍桌子，说，“老师好好对你说，你非得这个态度吗？”

凌飞冷笑一声，再次沉默，一言不发。

“好，我跟你也没什么好说的了。”主任坐下来，说，“记大过处分一次，周一升国旗的时候，全校通报批评，希望你自己回去想清楚，明白自己还是个学生，知道自己该做什么！去吧！”

凌飞翻了翻白眼，转身就走。此刻，他脑子里反复思考着的只有一件事，到底是谁打了小报告？绝对不可能是肥西，靓仔杨和他那帮乌合之众就算告状，教务处主任也绝不会相信，那知道这件事的，怕是只有陈婉秋了。只是，陈婉秋是怎么知道他抓靓仔杨的细节的？

回到教室里的时候，吴枫正在凌飞的位置上坐着和陈婉秋讨论习题。见凌飞过来，吴枫站起来对陈婉秋说了句什么，这才转身离开，离开的片刻，眯眼看了看凌飞。

凌飞对他没有太大敌意，却忽然想起了昨晚在巷子口看见的那个背影。他倒是有心问问吴枫，昨晚的人是不是他，但是吴枫显然不愿意和凌飞多交流。

凌飞沉着脸，默默地坐着。一旁的陈婉秋犹豫再三，还是开口发问："教务处主任找你什么事啊？"

凌飞眉毛一挑，说："你怎么知道教务处的人找我？"

陈婉秋说："早读来了好几回呢，你没来。再说，身为班长，你们的动向，老师肯定都会问我的。"

凌飞点了点头，陈婉秋的回答似乎没什么问题。接着，他伸出手来，"我的东西呢？"

"什么东西？"陈婉秋一愣。

"别装傻，二十块钱买的，还给我。"凌飞冷冷地说。

陈婉秋立刻会意，却很坚决地说："我爸给你二十块钱，是怕你在外头饿着，你却拿去买那种危险物品，身为班长也好，身为你姐也好，我绝对不会把那东西给你。"

凌飞立刻瞪大眼睛，杀气腾腾地看着陈婉秋。

"你别瞪着我，你打我我也不会给你的。"

凌飞叹了口气,“昨晚上的事儿,你都告诉谁了?”

陈婉秋一怔,有些不满地说:“凌飞,你把我当成什么人了,我们认识那么多年了,你打架斗殴的事干得还少吗?我什么时候往外说过,什么时候给你添过麻烦?”

凌飞沉默下来,他心底里是相信陈婉秋的。接着,他的目光落到了吴枫的身上。

第十三章　告密的人

吴枫坐在凌飞的斜对面,正往他这边看,与凌飞的目光交汇的时候,吴枫立刻扭过了头,似乎有意避开凌飞。

凌飞不动声色,拿出课本挡在面前,写了张字条,揉成团扔给了前排的肥西,字条上就一行字:放学帮我去堵个人。他知道肥西不会拒绝,而且不仅是肥西,细佬谢应该也会参与。

凌飞要堵的人,自然是吴枫。放学之后,在学校外的林荫道,凌飞、肥西和细佬谢成功拦住了吴枫。吴枫本想低头和他们擦肩而过,奈何肥西膀大腰圆,如一座人山般挡在面前,根本没机会逃脱。

“你们干什么?”吴枫神情有些慌张,他虽然看不起这帮人,但也有些害怕他们,他深知这几位发小是干什么的,招惹上了,绝对不会是什么好事。

“吴枫,好歹咱们也是穿一条裤子长大的发小。”凌飞冷笑着说,“你非要做假洋鬼子没人拦你,但你总不能没事找事吧?”

“我干什么了？你什么意思？”吴枫低着头，反驳了一句。

肥西推了吴枫一把，骂道：“戳鳖，你会好好说话吗？”眼看着就抬手要打，被一旁的凌飞制止。凌飞不动声色，语气平和地说：“吴枫，昨晚上，你去我家那块儿干什么？”

“我……我爱去哪里，就去哪里……”吴枫依然嘴硬，但声音细如蚊蚋。

凌飞点了点头，说：“你不是在跟踪我吧？”

“我……我没……”吴枫已经开始结结巴巴。

凌飞笑了笑，心里已经大概有数了，说：“有没有你自己心里清楚。咱们是有些过节，我知道你喜欢陈婉秋，这跟我没关系，你抠你的女，我混我的社会，井水不犯河水，但你跑去老师那里告密，害我记大过，这个怎么算？”

“什么抠女①，你别说得这么肮脏……”吴枫喜欢说粤语甚于说家乡话，但他不能忍受别人用粤语说低俗语言。更何况是涉及他倾慕的陈婉秋。“我没告密，你别血口喷人，这里是学校附近，你们别乱来……”

吴枫说着话，身子一点点往后挪，却又被肥西推了回去。

凌飞转身，捡起道旁的半块砖头。吴枫一见到凌飞操家伙，立刻惊慌失措，退后两步，说：“你，你要干什么？”

凌飞笑着说：“吴枫，你知道我最讨厌你什么吗？还真不是你那假洋鬼子的脾气。我最讨厌的，就是你每天娘们唧唧的，不男不女。”说着，他一伸手，把砖头递给吴枫，“来，拿着这砖头，打我。”

---

① 抠女：粤语中表示勾搭女生。

“我……我不能……”

“拿着！”凌飞一声怒吼，“你还是个男人吗？让你打你都不敢？”

吴枫颤颤巍巍地接过砖头，咬着牙，脸部肌肉一颤一颤的，白净的面庞变得有些狰狞，但在凌飞眼里，这神情再好笑不过了。

紧接着，凌飞往前了一步，说：“来，你打，你不是恨我吗？你不是看不起我吗？给你个机会，打！”

吴枫爆发出一声大吼，手里的半块砖头飞向凌飞的脑门。对于长期混迹市井街头的凌飞来说，这出手重落手轻的一击跟挠痒差不多。他身子微微一侧，挥手扼住了吴枫的腕部，顺势一扭。吴枫发出一声惨叫，手里的砖块掉落在地上。

一直站在一旁的细佬谢原本低着头，这会儿看准了时机，照着吴枫的腹部就是一拳，吴枫立刻弯腰蹲下去。细佬谢也不停手，对蹲着的吴枫一脚一脚地踹过去，一边踹一边骂：“让你告密，让你嚣张，让你狗眼看人低……”不过他的身材比吴枫还瘦弱，几脚下去，倒是自己差点摔倒。

凌飞看不过去，抬手制止了细佬谢，对蹲在地上的吴枫说：“长长记性吧，看在咱们是发小的情分上，这次就这么着，以后再敢招惹我，可就不是这三拳两脚的事儿了。”说完，三人转身就走。

这个时候的凌飞，实际上也并没有确定告密者就是吴枫，但是对于他来说，这不重要。生活中本来就有许多解不开的“悬案”。

这一刻，也没有人知道，这件说大不大、说小不小的事儿，成了许多人命运的转折。

第十四章　滚滚红尘

在吴枫被打的三天之后，一个西装革履的中年男人出现在了校长办公室。这个中年人叫吴楚，他说话温和谦恭，语速不快，兼具了商人的精明与学者的温文尔雅，但是态度坚决。

校长宋仁忠喜欢和这样的人交谈，但也害怕和这样的人打交道。这样的人，能让所有人如沐春风，但也偏偏是这样的人，提出的要求让人无法拒绝。

吴楚的来意很简单，如果凌飞不退学，那么对于吴枫被打一事，他不会善罢甘休。另外，吴楚也暗示宋仁忠，学校扩建的那位投资商和他有着很深的业务往来。

对于宋仁忠来说，吴楚是一个开罪不起的角色。而清退一个经常惹事的凌飞对于宋仁忠来说更像是卸下了一个包袱，他甚至不需要向家长交代。陈学武在和吴楚通完电话之后，并没有多说什么，只是坐在那里抽了一包烟。

凌飞在滨海城区大街小巷挂满了“喜迎香港回归祖国”标语的1997年，默默地离开了学校。

对于退学，凌飞不可谓不惶恐，并不是对自己前途命运的担忧，而是因为他知道，今后他少了个可以吃饭的地方。学校食堂的饭菜是很便宜的，晚上不愿回家的时候，还能蹭进同学的宿舍，对付一宿。但现在已经不可能了，他只能硬着头皮每天去陈学武家吃饭。

陈学武并没有怎么责骂凌飞，倒不是不想，而是陈学武觉得自己没资格。

那段时间，除了忙于案件侦破，陈学武唯一做的事，就是帮凌飞联系技校，想让他至少能学习一项技能，找到一份吃饭的营生，不至于在将来被饿死。

凌飞则依然浑浑噩噩，破罐子破摔，整天混迹街头，没个正形。此刻的他，就像与港湾失联的孤舟，被社会丢弃的垃圾，脚下有路，却不知道路在何方。

不过，他的狐朋狗友们可不这么想，尤其是打小就不愿意读书的肥西，对凌飞羡慕不已，觉得他此刻应该是海阔天空，乘风破浪了。

陈婉秋认为凌飞之所以误入歧途，都是肥西、细佬谢等一些小流氓的责任，所以那段时间，只要不上学，她就几乎天天守着凌飞，俨然成了一个监护人。但也偏偏因为这样，凌飞更加叛逆，恨不得甩掉这个“拖油瓶”。

炎夏的周六傍晚，凌飞坐在学校后山的山坡上，带着随身听，一脸与世无争的样子，陈婉秋就坐在他身边，一言不发。

她不知道这是第几个相同的夜晚了。

最近凌飞不怎么听郑伊健的歌了，他改听了罗大佑，莫名地喜欢上了这种说不出的沧桑感。

“你听过《滚滚红尘》吗？”凌飞忽然问陈婉秋。

陈婉秋愣了愣，点了点头。

凌飞没说话，把耳机摘下来，递给了陈婉秋。

陈淑桦和罗大佑的声音忽然让她有种想哭的冲动，她悄悄看着凌飞的侧脸。桀骜不羁、刚毅果敢，又带着一丝不安定的邪气。她不明白，自己为何会着迷。年少的情愫，不讲道理。

凌飞忽然开口，说：“你说，你好好一个刑警队长的女儿，干吗整天黏着我这么个烂人呢？还是个北姑的仔。”

陈婉秋一惊，赶紧说：“别胡说，我……”

凌飞没等陈婉秋再多说什么就站起身来，说：“以后你还是少找我，别耽误了你自己。”沉默片刻，又说，“这个随身听送你了。”说完，凌飞走下了山坡。

这一天，凌飞忽然有了告别如今这种生活的想法。

他还记得，母亲在离开之前曾经告诫过他，保管好她的钱包。那个钱包凌飞检视过，没有银行卡，只有少量现金和一张纸条，纸条上写着“通运公司总经理李子文”和一个很长的号码，应该是大哥大号码，还有一个地址。凌飞深知，母亲让他保管好这钱包必有深意，他也曾无数次起了打那个号码的冲动，可是一直没有付诸行动。而今天，他打算试一试。

第十五章　戏剧性遭遇

回到家，凌飞拿出了那张纸条，摆在桌上。

凌飞深吸了一口气，拨了那个号码。没有接通。他试着拨了七八次，都没有声音。凌飞终于绝望了。他忽然感觉自己很可笑，仿佛是小说看太多了，还指望着在落魄之际，能够飞上枝头变凤凰。更让他觉得尴尬而可悲的是，在拨通这个电话之前，他脑子里还模拟了无数次李子文和母亲的关系，模拟以后自己生活轨迹的改变。

他自嘲地笑了笑，放下电话听筒，揉了揉鼻梁。

可听筒刚放下不久，却响了起来。凌飞立刻像是被打了一剂强心针，兴奋地接了电话。

电话那边却是肥西的声音，这让凌飞再度失望，但肥西结结巴巴的话，很快让他的失望变成了警觉和惊慌："哥，哥你快来一趟市立医院，出事了，细佬谢出事了……"

凌飞二话没说，立刻挂断电话，飞快出了门。

凌飞见到细佬谢的时候，他罩着呼吸机，昏迷不醒。谢满江坐在病床前，两手抵在额头上，一言不发。凌飞和肥西叫了他一声叔，他哑着嗓子，让两人出去。

从肥西的嘴里，凌飞知道了细佬谢戏剧般的遭遇。

前几天细佬谢得了重感冒，一直高烧不退，本想去医院打针，可他爹谢神医非要自己给儿子开药方配汤药，说喝几天就能好。这汤药其实就是用高度白酒配着去火的草药炮制的，哪里有什么治病的功效，倒是又难喝，又上头。

细佬谢每天喝得昏昏沉沉，正巧爆樽哥因为场子被扫的事情来找他问个究竟。若是换了平时，细佬谢肯定低三下四，把爆樽哥哄得高高兴兴。可酒壮怂人胆，怂惯了的细佬谢硬气了一把，不仅出言挑衅，还指指点点，爆樽哥身边的小弟不知轻重，拿出卡簧就是两刀。一刀在腹部，另一刀在左腰上。两刀下去，细佬谢瘫倒在地上，爆樽哥自知事大，带人逃了。那捅人的小弟见了喷溅的鲜血，居然吓瘫在地上，和细佬谢倒在了一起，让警察拿住了。

肥西气哄哄地讲完细佬谢的遭遇后，对凌飞说："我知道爆樽仔在什么地方，咱们现在就去找他给细佬谢讨个说法，他敢扎细佬谢两刀，老子要扎他十刀。"

"现在不能去，咱们要人没人，我们拿什么跟他们拼？"

"哥，你什么意思？"肥西盯着凌飞。

"肥西，你听我说，之前咱们做事太不考虑后果，爆樽哥是什么人，咱们不能去送死。"

"不是吧，哥，你怕了？"

凌飞也不愿意承认自己怂了，可他此时就是这么想的。似乎这次退学对他的打击的确很大。他表面上看着无所谓，可实际上心底有种深深的绝望。有钱有势的人就是可以随意左右别人的人生，自己终究因为任性付出了惨痛的代价。

但是这样的心境，肥西是无法理解的。"哥，你别忘了，当初最怕爆樽仔的是细佬谢。可你说爆樽仔来了，你也敢打，现在你反倒怕了。行！你不去，老子一个人去！"肥西一把推开了凌飞。

第十六章 古典精神的覆灭

肥西想走，却被凌飞拦住，凌飞冷冷地说："我不能看着你送死，你只要敢去，我就敢立刻报警，你知道爆樽仔会在哪里，我也知道，你不就是想去他那个场子找人吗？"

"报警？你……"肥西愣住了。

“你别忘了，我现在每天都在陈学武家。”

“好，好啊，跟‘条子’待久了，你以为自己也是‘条子’了，是吧？”肥西咬牙切齿地说，“平时咱们都看不起细佬谢，觉得他怂。但我万万没想到，最怂的是你！平时兄弟跟你跑腿卖命，现在好了，别人动刀子了，你就怕了。行，我不去，但以后，你也别再喊我兄弟！”肥西又推了凌飞一把，头也不回地走了。

凌飞看着他摇摇晃晃的肥胖背影，一时间完全说不出话来。

曾经，他的确看不上细佬谢的怂包样，却从未不把他当兄弟，这一刻，他甚至比肥西更痛苦，因为他觉得，细佬谢被捅，很大程度上是自己的责任。但他还是冷静地判断了形势，认为这个时候绝不能让肥西冲动行事。

他要自己动手。

肥西父母双全，父亲张洪发是一个普通的搬运工，母亲在零件加工厂流水线上，两人赚得不多，但都是老实本分的人。他们平时没时间管肥西，根本不知道肥西每天都在混社会，不好好读书。肥西每次考试成绩稀烂，只要改改分数，就能骗过父母。到了家长会的时候，肥西就想尽办法不让父母参加，今天花钱请个“表哥”，明天花钱雇个“表嫂”。总之，街头巷尾，到处是肥西花钱雇来的亲戚，而且都有老师“认证”，唯独他的父母从来没见过老师。

这样的家庭，在早熟而冷静的凌飞眼里，是绝对不能随便破坏的。

可他自己就不一样了，他现在什么都没有了，就连最后的一点希望，那张纸条上的电话，也在“嘟嘟”的忙音中，成了压死他的最后一根稻草。

细佬谢躺在病床上的日子里，凌飞没有和任何人见面，他再次如同一个职业杀手一般，开始了跟踪、搜索等工作。

爆樽仔不比靓仔杨，属于专业级别的“古惑仔”，不仅仅是街头小混混。街头混混，用现在的话来说，就是一群看多了《古惑仔》电影的“跟风狗”，对于他们来说，混是一种时尚；而爆樽仔这样的专业混混，混就是他吃饭的营生。要保证自己在道上有一席之地，不被人踩死，最要紧的，并不是所谓的义气，而是阴险、恶毒、狡诈、没有底线，以及各式各样奇葩的规矩。

凌飞了解到，爆樽仔的身边，每天都有三两个跟班，这些人随时可能从身后摸出家伙来。而且他是警局的常客，三天两头被警察盯着，只要他干一点出格的事儿，就会被请进去吃几天“公粮”。

所以，要报仇，既要防着爆樽仔的人，也要保证自己不被警察抓住。

经过几天耐心的“侦查”，凌飞选定了动手的地点，那是爆樽仔所住公寓外的一条小巷子，每天，他唯有在这个地方，是独行的，没有任何人跟随。

凌飞没有钱买家伙，只能就地取材，用街头打架最常使的玩意儿——板砖。

凌飞清楚，爆樽仔不常回家，这个蹲守又是一个漫长的过程。他整整在这个地方等了一周时间，终于在七月中旬的夜晚，看见了一个摇摇晃晃的身影，自昏黄的路灯下拐进了巷子里。

凌飞一阵兴奋，握紧了手里的家伙，缓步走了上去。

经过这段时间的跟踪，凌飞已经把爆樽仔的形象深深刻印在脑中，他确定，这个转进巷子、满身酒味的男人就是爆樽仔。真是天助我也，凌飞心想，对方不仅是一个人，而且已经喝得东倒西歪，要制伏他，简直易如反掌。

“爆樽仔！”凌飞大喊了一声。

“哪个？！”爆樽仔猛地晃了晃脑袋，试图看清眼前那人，但是他确定，这个人他并不认识，甚至可以说没见过。

凌飞迎面走上去，嘴角挂着冷笑，紧接着，他举起了手里的砖头。爆樽仔也是个老江湖了，立刻知道来者不善，趔趄着退了一步，大吼：“你，你谁？你要干什么？”

凌飞没说话，一把揪住爆樽仔的衣领，手里的板砖已经举过头顶。可就在这个时候，凌飞忽然感觉有一样东西顶在了他的下巴上，他的动作立刻停滞了。一瞬间，他从头凉到了脚，周围的空气也仿佛在这一刻降到了冰点。

“别动，嘿嘿……”爆樽仔喷着酒气，狞笑着说，“慢慢挪开，把，嗝……把砖头放下……”凌飞的手一颤，砖头直接跌落在地上，前倾的身子慢慢直了起来，顶在他下巴上的那样东西，也移动到了他的脑门上。凌飞没猜错，那是一把手枪。

第十七章　丧家之犬

自二十世纪八十年代开始，东北地区的小混混打架就已经用上了火器。当时，最主要的“热武器”是所谓的“五连发”“沙喷子”。

南方地区有所不同，在 1983 年全国严打之前，在南方的黑市，要买到一把改制过的警用枪或是一柄军用三棱军刺并不算太难，这一带的军用、警用武器往往由境外流入，又或者是越战遗留下来的古董货。1983 年严打之后，黑恶势力安分了一阵子，但到了九十年代，随着经济的飞速发展，游走在法律以外的黑色、灰色势力开始死灰复燃。

这时，一般人已经弄不到真正趁手的“热武器”了，但一把改制手枪却依然具有足够的威慑力。当所有人都用甩棍、卡簧的时候，如果人群中有那么一个人敢动真枪，那么，在混混当中，他绝对算得上大哥了。

此刻，凌飞就被完全震慑住了。他忽然想起了买卡簧的时候，叉烧对自己说的话：“小孩子混江湖，玩玩就好，千万别玩大了。”

他知道，这回，他是真玩大了。

“你谁啊？”爆樽仔打着酒嗝，含混不清地问道。

“我，凌……凌飞……”凌飞迟疑了半晌，终于结结巴巴地开口。

“呵呵，凌飞啊，我……我认得你啊，就是你，很犀利，敢在我看的场子抓人，还砸东西，是吧？爆樽哥的场子里玩‘爆樽’，你知道是什么后果吗？”爆樽仔冷笑着问。

凌飞不敢说话，紧咬着牙关，此刻，他浑身都在微微颤抖。

“本来，我是不想……嗝，不想动你的，但你自己送上门来，我就非得，让你长长记性……”爆樽仔的手枪慢慢往下移。凌飞意识到，对方随时都可能开枪，虽然不敢杀了凌飞，但是对着他腿上开一枪，也足够让他落个残疾。

凌飞知道，现在，他只剩下最后的机会了，对方喝醉了，站都站不稳，或许他还有一线生机。于是，他壮着胆子，突然大吼一声，猛地推了一把爆樽仔。爆樽仔果然没站稳，踉踉跄跄地向后退去。凌飞想都没想，转身就狂奔起来。他从来没跑得那么快过。

身后，爆樽仔一边大笑一边吼道："你狗仔似的跑什么，你跑得掉吗！？"

"砰！"枪响了。

凌飞腿一软，却并没有倒下。他顾不得那么多，继续往前冲刺，很快就出了巷子。巷子里，爆樽仔依然在大笑、大叫，只是那笑声和叫声，在凌飞听来，比哭还难听。

小城并不大，凌飞一路跑回了家，反锁上了门，才想起来检查自己身上是否受伤。所幸的是，除了满身尘土、狼狈不堪之外，他身上没有伤口。但即便如此，凌飞也已经吓破了胆，接下来的几天，他紧闭门窗，半步都不敢踏出门去。

凌飞并不知道，爆樽仔是不可能来找他了。在凌飞逃出深巷的那一刻，听见的比哭声还难听的笑，并不是笑声，而是真正的哭喊、惨叫。爆樽仔的枪，炸膛了。

实际上，爆樽仔当初买那把枪的时候，卖主就对他说过："你拿着枪，吓吓人，充充大佬可以，但改制枪就是改制枪，最好少开，一则，容易招来差人；二则，当心炸膛。"爆樽仔没当回事儿。

这把枪着实让爆樽仔在江湖上威风了好几年。只是谁也没想到，细佬谢因为喝多了，让爆樽仔的人捅进了医院；爆樽仔同样因为喝多了，开了那把容易炸膛的枪。

凌飞并不知道这一点，那声枪响，不仅炸断了爆樽仔的手指，炸花了他的脸，同时，也击碎了凌飞最后一点自信，他彻底崩溃了。

那几天，他不接电话，不出门，不吃饭，也不睡觉，坐在茶几前，一支接着一支地抽烟。

母亲离开之前囤在家里的那点香烟，被他一股脑儿全部抽完了。短短几天，他变得比细佬谢更邋遢，眼窝深陷，满脸蜡黄。

直到三天之后，一阵急促的敲门声，让房间里这个不辨白天黑夜的少年，吓得差点儿从沙发上滑下去。

与其说是敲门，倒不如说是砸门，而且一次比一次用力。凌飞知道，这一劫他怕是躲不过了，于是，他站起身，晃晃悠悠地来到门前，小心翼翼地把门打开。

外头站着的却是陈学武，只是这个时候的陈学武，完全没了平时的和蔼，取而代之的，是满脸野兽一般的暴怒。

凌飞还来不及喊一声“陈叔”，就被他一把揪住了衣领，向外头拽去。

第十八章　不可挽回的错误

凌飞被拉扯到陈学武家中的时候，第一眼，就看见了坐在沙发上的陈婉秋。

陈婉秋身上裹着毛毯，脸色苍白，面颊上带着淤青，凌飞依稀看见，陈婉秋的衣领被撕破了，衣服的一角还带着斑斑血迹。

凌飞不知道的是，就在半小时之前，两名巡逻的民警在街道旁的小巷子里发现陈婉秋的时候，她比现在更加狼狈、惨烈。那时候的陈婉秋，浑身衣冠不整，衣裙被撕破大半，手里紧紧握着一把带着血迹的卡簧刀，瞪大双眼，惊恐地扫视着前方，即便是穿着制服的民警想要接近她，她也只会不停尖叫。

凌飞也并不知道，那把刀是上回她从自己手里夺过去的，这些天，她一直把卡簧带在身边，因为陈婉秋根本不知道该把这东西给谁。她善良单纯，很少撒谎，生怕父亲发现之后，自己不知道该怎么说；也害怕刀子扔在外头，被别的小混混捡了去，伤及无辜。

在房间里整整待了三天的凌飞自然也不知道，爆樽仔因为手枪炸膛进了医院，而他的几个小弟，这几天一直在外头寻找凌飞的下落。他们并不知道凌飞已经退学了，所以首先找到了凌飞所在的高中。

那个年代，小混混去学校班级找人是常有的事，学校监管不力，保安欺软怕硬，往往不敢阻拦气势汹汹的入校混混。

作为班长，也作为凌飞的姐姐，陈婉秋当了出头鸟，和那群小混混辩解了几句。可是，小混混哪里是可以讲道理的人，陈婉秋被他们拽出了校园，一路扯到了学校对面僻静的巷子之中。

整个过程，没有任何人阻拦，没有任何人敢站出来说一句话，就连那个倾慕陈婉秋、坐在前排的吴枫，也一直默默低着头，一言不发。

即便是到了几年之后，陈婉秋也不肯提起在深巷里发生了什么。那几个小混混被抓获的时候，身上都带着刀子的划伤，他们没交代什么有用的信息，只是不停地念叨：“这女孩子太凶了，太狠了，像疯子一样。”

而此刻的凌飞，只能默默地站着，看着这个默默为他付出的女孩像一只受了惊的小猫一般，蜷缩在沙发角落。

“你干的好事！”陈学武抬手就是一巴掌。凌飞恍恍惚惚，只觉得脸上一阵火辣辣地疼，直接跌倒在地上。

“你不是能耐吗？你不是犀利吗？你不是要混吗？你不是‘古惑仔’吗？”陈学武疯子一般，一脚一脚地踢在凌飞身上。凌飞抱着头，蜷缩着，一言不发。

“你混，我从来没说过你，可你为什么要搭上小秋！你说！”陈学武打红了眼，即便是对待凶犯，他也没下过那么重的手。

此时，一直瑟瑟发抖的陈婉秋忽然开口了，声音很小，但凌飞和陈学武却都听见了。

“爸，别打他了，让他走吧。”

“小秋，你！”陈学武一惊，扭头看着陈婉秋。

陈婉秋摇了摇头，说：“都过去了，让他走吧……”

陈学武浑身发抖，一把拽起地上的凌飞。凌飞挪了两步，差点儿摔倒在地，却不由自主地扭头看着陈婉秋。此刻，他的眼眶有些发红。

陈婉秋又摇了摇头，声音有气无力：“凌飞，快走吧，注意……注意安全，他们可能还会找你的……”

凌飞突然想哭，可是却怎么也挤不出一滴眼泪来。

“滚！”陈学武在他身后猛踹了一脚。

凌飞一个趔趄，摔倒在客厅的正门前。陈婉秋身子动了动，似乎是一种本能，想要站起来去扶凌飞，可是最终却没有动，依然缩在沙发上。这一刻，她突然发现，自己居然对凌飞产生了说不出的厌恶感。不，她不是厌恶凌飞，而是厌恶那具肉体，一具作为男人的肉体。

谁也不知道，僻静的小巷里发生的一切给陈婉秋造成了怎样的影响，只是这个时候，陈婉秋忽然惊慌失措地意识到，她开始惧怕男人的身体，哪怕是凌飞，哪怕是自己的父亲陈学武，他们的手臂、胸膛，他们的一举一动，似乎都透着一股说不出的邪恶感。

凌飞再度站了起来，他嘴角渗血，浑身麻木，却还是一步步地向外挪去。他知道，这个地方，他再也待不下去了。

第十九章　轮　回

凌飞回到家的时候，与整个家都产生了莫大的疏离感。他踏进房间的一刻，忽然觉得，这个地方他似乎从没来过。

房间里充斥着浓重的烟味，烟头扔得到处都是，沙发、床铺上都散发着淡淡的霉味儿。南方的夏天总是潮湿不堪，房子的墙角已经长出了苔藓。这一切，本是母亲凌小梅最不能容忍的。

在凌飞的记忆里，凌小梅有着非常严重的洁癖。凌小梅在家的时候，家里总是一尘不染，即便是上次陈婉秋帮忙打扫的房间，也没有凌小梅在时那么干净。凌小梅对清洁有近乎强迫症似的偏好，没有“工作”的日子里，她就一直在家里洗衣服，洗了一遍又一遍，似乎永远都洗不干净。

在开了火鸟歌舞厅之后，凌小梅不再接客，有了更多的时间，这直接导致凌飞被时时教导，即便是吃饭的时候撒了饭粒，也会被念叨很长时间。

现在，凌飞忽然很怀念那种感觉，很怀念母亲身上永远带着的香皂气味。这种怀念很快就转变成了惊恐和厌恶，他想要逃离，从这个房子里跑出去。仿佛近段时间的厄运，都是这个房子带给他的。

他草草打包好了东西，把仅剩的十几块钱塞进钱包里，准备离开。走到门口的刹那，他却忽然觉得一阵迷茫。他该去哪儿？要去见谁？这十几块钱花完了，他该怎么办？这一切的一切，他都没有打算。

他发现自己居然开始害怕了，明明平时总自诩为社会人，这个时候，居然开始惧怕起这个社会来，似乎只要出了这道门，就会有无数个爆樽仔拿着手枪，顶着他的脑门。

凌飞忽然想起那张纸条上面好像还有个地址。他又拿出了那张纸条，真是天无绝人之路，纸条上写着：滨海市建业大道清风雅苑 9 号 304。

凌飞仿佛又一次看到了生活的希望，他一拍脑门，既然打不通电话，那就干脆找上门去。

清风雅苑是滨海改革开放后建立的第一批欧式社区。那个时候，民众对社区的概念其实并不敏感，尤其是住惯了院子的老一辈。但是，比较富裕的家庭却愿意搬进这样的地方来。

建业大道上，阳光炽烈，小区规划整齐，小区里还有绿植带和花园。这一切，让凌飞感到有些紧张。

这个时候的他并不知道，他来找的这位李子文，早在一个多月前，就已经命丧几个不知名的犯罪分子刀下。这一个多月来，城南分局的陈学武一直为这个案子忙得焦头烂额，却毫无进展。

凌飞当然也不知道，正是这个案子，成了他母亲被抓、火鸟歌舞厅被查封的导火索之一。

他战战兢兢地上了楼，在 304 房门前徘徊了很久，才伸手去敲眼前的这扇高档防盗门。

门开了，凌飞看见一个打扮入时、化着淡妆的年轻女人，这个女人上下打量着面前的穷小子，问："你找谁？"她说的是粤语。

"我……我找李子文……我妈妈给我留了一张纸条。"说着，他把纸条递了过去。这一刻的他，完全没有了桀骜不驯，也忘记了对地域差异的敏感，他感到自己很卑微，前所未有的卑微。

他低着头，并没有注意到女人的表情。过了很久，女人接过纸条问："你叫什么？"

"凌飞……"凌飞低着头说。

"你妈妈，是不是叫凌小梅？"对方竟换成了一口流利的普通话。

"是，是的……"凌飞立刻抬起头，仿佛看到了希望。

"好，你进来吧。"女人说。

第二部分

少年和他的大千世界

世事无常，青春，就是一场擦肩而过。

第一章　决裂的友情

凌飞与爆樽仔的一战，被小混混们演绎成爆樽仔跟凌飞狭路相逢，爆樽仔为了教训凌飞，准备废了他的一条腿，可枪炸膛了，凌飞跑了。肥西听说后，就去找凌飞。一开始，他知道凌飞在家，可如惊弓之鸟的凌飞根本不给他开门。再去的时候，凌飞的家已经是人去楼空。

曾经的友情有多深，现在他就有多愤怒。这个曾经的大哥，现在不仅不来看受伤的细佬谢一眼，甚至连他也不肯见。他不知道凌飞到底怎么了，也没脑子多想，他只知道，自己和细佬谢一起，被凌飞像扔垃圾一般抛弃了。

肥西几乎每天晚上放学后都去细佬谢那里，谢满江对这个胖子也越发地热情起来。

细佬谢醒了，身子骨比之前更加虚弱。最开始的每天，他只能坐起来不超过三小时，而且还有些吞咽困难，只能靠输液过日子。后来，他的身体逐步好转了一些，但脸色更加苍白，本就瘦弱的身体，已经快成了皮包骨头。他说话有气无力，但眼神中充满了怨毒和愤恨。

刚醒来的那阵子，他并没有怪凌飞，但从肥西的口中得知凌飞的态度之后，就陷入了深深的绝望之中。

肥西对凌飞还心存幻想，在数落完凌飞之后，又圆了一句，说：“可能，大哥有大哥的想法吧，咱们也别多琢磨。”

但细佬谢摇了摇头，“肥西，你也别多说什么了，我知道……我还不了解太子飞吗？穿一条裤子长大的，这么多年了，他什么时候看得起我了？咱俩虽然打打闹闹的，但还可以说是无话不谈吧。他呢，他的想法，只要说出来了的，就没人可以改变；要么就什么都不跟咱们说。咱们拿他当亲哥们儿那么对待，他可未必把咱们当一家人。”

肥西听了之后，也不觉怒火上涌，一拳砸在病床床沿上，说：“戳鳖，咱们好歹是在关二爷面前磕过头的，现在，他……他也太不地道了……”

肥西是一个情绪很容易被左右的人，他不爱动脑子，也没那个脑子。

细佬谢冷冷地盯着前方，那眼神如兽类般恶毒和狠厉。这一系列事件，已经触犯细佬谢的底线了。他唯一的底线就是好好活着，无论做什么事，只要不危及生命，都好说。但这一回，他在鬼门关走了一遭。

他当然不会去想自己犯了什么错误。很多人都是如此，找借口、推卸责任，是大部分人的本能，转嫁矛盾往往能让人的心里舒服许多。

在细佬谢出院前的一周，周二早晨，肥西就来到了病床前给他端茶递水。细佬谢有些惊讶，问：“怎么了，肥西，你今天来这么早，不用上课吗？”

肥西挠了挠头，露出憨厚但苦涩的笑容来，说：“正要跟你说呢，我不读了。”

“你怎么也不读了？”细佬谢惊讶地问。

肥西一边帮细佬谢倒开水，一边说：“倒血霉了呗，我爸在码头扛包，失足掉水里了。你知道的，他本来肺就不好，这回虽然救上来了，但医生说，以后干不动体力活了。家里光靠我妈一个人不行，所以我不读了，代替我爸，上码头去了。”

“你？”

“嗯，我快十八岁了，那边的人也同意了，没啥鸟事。”肥西嘴上说得轻松，手里的开水壶却一晃，差点儿烫着自己。

细佬谢沉默了。他觉得心情前所未有的沉重，因为就在昨天，他听到一个让他心里极其不平衡的消息，他觉得有必要把这件事告诉肥西。

片刻的沉吟之后，细佬谢开口道：“肥西，跟你说句话，我也是为你考虑，不过，就是不清楚我说了这话，你会不会不高兴。”

“有屁就放呗。”肥西笑着放下开水瓶，说，“咱俩谁跟谁。”

“昨天有几个原来一起混的兄弟来看我，听他们说，太子飞在南滨路的闪灵歌舞厅看场子，一个月好像能赚上千块钱。”细佬谢说，“他算是混出来了，你如果太困难，可以去找他。虽然之前有点矛盾，但我想他应该……”

“他妈的！”肥西大吼一声，一拳砸在床头柜上。旁边病床上迷迷糊糊的病人起身嘟囔着：“病房，不是你家，注意点！”

肥西强忍着，没再发作，说："怪不得不鸟咱们了呢，王八羔子，原来早就给自己找好下家了，怪不得不带咱们玩了呢……"他变得有些语无伦次，被愤怒左右了一切。

细佬谢连忙劝慰："你别激动，那句话怎么说来着，人各有志，太子飞毕竟是太子飞，跟咱们不同。"

肥西却像是根本没听见他说的话，嘟囔道："我他妈就是在码头饿死、累死、淹死，也绝对不会再去找这忘恩负义的狗东西！"

第二章 青春，擦肩而过

陈婉秋转学了。

某天早上，吴枫进入教室的时候，首先注意到的，就是陈婉秋的座位空荡荡的。陈婉秋作为班长，上学是绝对不会迟到的。吴枫一直等到上课时分，陈婉秋还没有出现，他越发坐立不安，开始小声向周围的人打听。当听到陈婉秋转学的消息的时候，吴枫呆住了。

吴枫忽然有种生离死别一般的错觉。他甚至没能见上陈婉秋最后一面。他写好的情书、准备的礼物，还有许多的心里话，都没来得及跟陈婉秋说。

他忽然很痛恨自己，觉得自己胆小、无能。如果他能再早一步，或许只是早一天两天，都不会留下遗憾，可是，在感情上踟蹰不前的他，却总是想等到陈婉秋生日那天，再找机会表白这一切。他的笔记本上依然记着那个日期，1979年8月17日。只差三天，仅仅三天，他就迎来了自己表白的大日子，可是，她却没有等他。

但实际上，这个日期并不是陈婉秋的生日。对于吴枫的感情，陈婉秋这个冰雪聪明的女孩何尝不知道，只是，她对吴枫没有任何感觉，尽管吴枫优秀、家境良好、长得也不错，但感情始终是强求不得的。当时，吴枫拐弯抹角地问陈婉秋生日的时候，陈婉秋就已经猜到了他想做什么，于是胡诌了一个自己的生日。

陈婉秋真正的生日比这要早一个月左右，她生日那天，还和凌飞在一起，他们一起坐在学校后面的小山坡上，凌飞让她听了一首《滚滚红尘》，随后把随身听送给了她。她在拿到随身听的片刻，甚至还有一丝丝心花怒放，但与此同时，凌飞却对她说了一句："不用再来找我了。"

讽刺的是，凌飞也不知道那天是她生日，如果凌飞知道，他绝不会在那天对她说这些话。

此刻的吴枫握着拳，把脸藏在立起的书后面。他害怕自己哭出来，更害怕自己的哭脸让人看见。这时候，身旁的同学讨论起了陈婉秋转学的事。

学校里头无新事，一点点小事，都能触动学生们敏感的神经。旁边的一个男生正眉飞色舞地说他知道陈婉秋离开的内幕，他说，其实陈婉秋早就和凌飞好上了，两个人早就上了床，还躲在学校后山打野战。

"别看陈婉秋平时一副好学生模样，暗地里烂得很；而凌飞这个外来客，早就私底下立志说要睡够 100 个本地女孩。"

他还说，那天陈婉秋被几个混混拉出去，其实是凌飞做的局，凌飞玩腻了，就让自己的兄弟们也爽一爽。

说话之间，唾沫横飞，旁边的男生一个个都露出猥琐的神情来，女生们要么惊恐、要么不屑。

吴枫听在耳朵里，只觉得浑身每一个毛孔都冒着愤怒的火焰，他猛然站起来，狠狠一拍桌子，吼道："你们在胡说什么？！"

说话的一帮学生像看怪物似的扭头看着吴枫，任课老师刚好从外面走了进来，也一脸诧异地看着吴枫。他完全无法理解，为什么这个平时温文尔雅的学生，今天变成了一头暴怒的狮子。

看见老师进来的吴枫，忽然怂了，默默地坐下来。那几个被他一声怒吼吓傻的学生也缓过劲儿来，骂了一句"神经病"。

吴枫呆坐在那里，想要逃离。他恨自己的软弱，更讨厌身边人的龌龊。他打定了主意，下课后，他直接去了老师的办公室。

"老师，我能用一下电话吗？"

"可以呀，用吧。"

作为好学生的吴枫是老师办公室的常客，不过多半是为了帮助老师批改作业，或者收发试卷。吴枫拨通了父亲的电话，吴楚关切地问吴枫出了什么事。吴枫沉默了一会儿，缓缓开口，说："爸，我不想读了。"

电话那头的吴楚还没开口，办公室里所有的老师都已经目瞪口呆，面面相觑。他们怎么都没有想到，这句话会从吴枫这样的学生口中说出来。

那边，吴楚却表现得异常平静，说："听你妈说了。孩子，你的路要你自己来选择，但是，做任何决定之前，你都必须考虑清楚，很多时候，做错了选择，也是没有回头路的。”

吴枫又说：“我想好了，我不想读了，你帮我联系吧……”

青春的散场，突如其来，没有预兆。

第三章　看场子的少年

一千个人口中，有一千个凌飞的模样。而凌飞的际遇，并不算差，却也没有别人口中那么潇洒。

那天，女人领着凌飞进了屋子。屋子并不大，却装修得很精致，只是面积完全配不上李子文的身份。

进屋之后，女人问了凌飞三个问题：第一，他是不是真的叫凌飞；第二，那张纸条是否真的是他母亲转交给他的；第三，他知不知道他的父亲现在在哪里。

女人似乎对凌飞为什么会找到这个地方，来意如何，一点兴趣都没有。

前两个问题，凌飞尽量详细地如实作答，只是到了第三个问题，他选择了沉默不语。

而那女人，居然直截了当地让他先在这个地方住下，等她的消息，随后，从钱包里抽出一张百元大钞，拍在了桌上。

凌飞一怔，一百元，已经相当于普通人十天甚至半个月的工资了。要是换作从前，他的高傲是不允许他接这个钱的，但现在，他需要钱，也知道没钱的日子有多难受。

靠着这一百元，凌飞在那不足60平方米的精装小屋内待了足足一个星期，每天除了出去买点日用品和食物，几乎什么也不干。

他注意到，这个房子被收拾得非常干净，就像是新房一样，只是有些家具显然“上了年纪”。原本，他企图在房间里搜寻一些线索，但徒劳无功。那女人甚至没有告诉他她叫什么。

一周之后的晚上，女人再次出现在他面前。当时，凌飞正在茶几上大口吃着泡面。经过一周的休息，他明显胖了一点，面色也不再蜡黄，只是神情依然有些颓废。

女人在他面前坐下，点了一支烟。凌飞看得出来，那支烟是洋货，应该是香港那边才能买到的。

女人淡淡地说：“给你一百块钱，你就吃这个啊？”

凌飞没说话，低着头，有些不好意思。泡面其实并不便宜，当然，凌小梅未被抓的时候，这东西对于凌飞来说也不算什么，只是现在，一切都不一样了。

女人又用标准的普通话说：“我打听过了，你原来住在滨海南路的一条巷子里，刚从高中退学。在那一带，你好像还挺有名的，听说你自称太子飞？”

凌飞差点被面汤呛着，他是实在不愿再提那些事了。

女人见凌飞不说话，又说：“据说，你很能打，打群架的时候，一个单挑三四个没有什么压力。”

凌飞心头一紧。

女人不由他争辩反驳，继续说：“你知道什么叫看场子吗？”

“我……我知道……”凌飞终于说出了三个字，心也稍微放了下来，刚才女人问他是不是很能打的时候，他生怕女人让他去做打手，收保护费。从前他有多崇尚“古惑仔”的生活，现在，他就有多厌恶、多想远离这种生活。

看场子，说白了就是做保安，虽然也有些游走在“灰色地带”的意思，但好歹很多事情是可以商量的，不必收黑钱，不一定要打人。

女人满意地点了点头，说：“知道就好谈了，南滨路闪灵歌舞厅缺一个能干的看场人，你去吧，我介绍人给你认识，工资可以开一个月 500 元。”

凌飞一愣，没说话。

“少了吗？”女人问。

“不少了……”凌飞回答，他感觉自己没得选，他只是有些奇怪，如果这女人真是通运的，那怎么会和歌舞厅扯上关系？通运应该是一家货运公司才对，他满以为，女人会给他安排一个扛包拉货的活儿，毕竟他也算有一膀子力气，常年摸爬滚打，力量不比肥西差。

女人忽然笑了笑，说：“你是不是以为我是骗子？你放心，这是我朋友的场子，如果你做得好，以后可以考虑加入通运。还有，我叫李晓虹，你可以叫我一声虹姐，我是李子文的女儿……亲生女儿。”最后四个字，女人着重强调了一遍。

“虹姐。”凌飞从来没这么乖巧过。

李晓虹再次满意地笑了笑，起身拍了拍凌飞的脑袋，说：“明天我来接你，去看看你的工作地点，还有什么别的问题吗？”

“没有了。”凌飞摇了摇头。

“早点休息。”说完，李晓虹站起身来，准备往外走。此时，凌飞忽然按捺不住，问出了这几天一直缠绕他心头的疑问：“虹姐，对不起，我想问问，李子文李总呢？他不住在这里吗？”

李晓虹顿住脚步，沉默了。

凌飞瞬间觉得自己冒失唐突了，李总是什么人，怎么可能随便见自己这个不速之客？

但下一秒，李晓虹的回答更让他目瞪口呆。

“我爸，他死了。”李晓虹说完，开门离去。

第四章 “6·10”凶杀案

凌飞几乎不看新闻，所以，他并不知道一个多月前发生的一切。

6 月 10 日夜，一辆黑色奥迪停在距离清风雅苑不足五十米的马路边，司机为李子文打开车门，李子文笑着给了司机一些小费，司机笑着推辞，但最终收下了。司机上车开走之后，李子文依然站在马路边，目送那辆奥迪消失在马路尽头。

这是李子文的一个习惯，他生性儒雅，虽然是个商人，却有着学者一般的温和谦恭。在暴发户遍地的南方沿海地区，他的行为举止让他十分吃香，在各方面都一路畅通。但他没有想到的是，就是这几分钟的习惯性停留，竟要了他的命。

就在他目送司机离开的同一时间，六名身穿黑衣的男人正缓缓靠近他的周围。

这里距离小区门口的保安亭还有一段距离，李子文中年发福的身躯，已经不足以支撑他快速奔跑到保安亭附近了。但他发现自己被包围的时候，并没有惊慌，而是一面往小区方向退，一面问道："你们是谁，想干什么？"

几人的手上立刻亮出了家伙，四柄开山刀，两把卡簧。开山刀是一种类似柴刀的野战刀具，主要用来开辟道路，斩断荆棘，而在那个年代，使用这种刀具来伤人的，多半是香港来的黑社会团体。

"有话好好说，没必要这样，这里可是市区。"李子文有些怕了，但还是故作镇定。

那几人似乎是不愿意暴露自己的声音，根本不说话，四个拿开山刀的人已经冲了上来。

李子文本就不是跑江湖混社会的，他只是一名商人，身体素质远比不上那颗精明的大脑。这个时候，脑子、智商都没用处，不一会儿，李子文已经浑身是血，瘫倒在地。

两名拿着卡簧的男子这个时候才走上来，其中一名伸手扎了李子文的小腿一刀。起初李子文还会惨叫，可现在已经发不出声音来。另一名拿着卡簧的男人则伸手把俯卧在地上的李子文翻了过来，蹲下身，从容地盯着他。

李子文在意识模糊之前，看清了那个人的面容，但仅仅是看清了一双眼睛。那是一对三角眼，虽然不大，但却透亮，眼中透着阴狠、狡猾和毒辣。

紧接着，男人将卡簧刺入了李子文的胸膛，手腕一拧，鲜血立刻如同泄闸的洪水一般汹涌而出，带着李子文最后一点体温。

男人拔出卡簧，站起身来，做了个手势，几人迅速撤离。

整个过程，小区保安全程看在眼里，却不敢上前来。只是后来，他成了这件事最有力的目击证人。

陈学武在接到报案之后，很快带人采取了行动。起初，案子进展得非常顺利，仅仅几天时间，就有三名嫌犯落网，警方立刻顺藤摸瓜，又抓到了另外两名刀手，还借着这个机会，在全市范围内展开严打行动，不少隐藏的违法犯罪分子被挖了出来。

但是，半个月之后，案子却遇到了瓶颈。那六名刀手，只得其五，给予李子文致命一击的那个三角眼却始终找不到。

警方确定了五名被抓刀手的身份，这些人都是从香港北上内地的“陆漂”。那个年代，这种身份的人并不少见，尤其是在香港即将回归的十年间，有不少人趁机北上。而内地人偷渡香港的，更是数不胜数。

所有人都在试图逃离一个所谓的“牢笼”，殊不知却是进入别人的“牢笼”之中。

然而，这第六名在逃的杀手身份却不大一样，他是南下打工的北方人，叫石铁柱。他话不多，即使是和他一起杀人的同伙，也鲜有知道他信息的。这五人跟着他行凶，不过是因为他说做这一票能挣大钱。

据说这人为数不多的几个特点就是：喜欢抽烟味极重的劣质香烟、山东口音、只有一只耳朵。

经过走访，警方发现，这人像人间蒸发了一般，他没有回家，也没有向家里寄钱，家里人甚至不知道他是死是活。万般无奈之下，警方对石铁柱发起了通缉。

即便如此，案子依旧毫无进展。

陈学武始终认为这人还在本市，却一直找不到。直到后来，陈婉秋出事之后，陈学武便再也无心过问这起案件，状态变得越来越差，案件也就彻底被搁置了。

这一切，凌飞并非不想关心，只是此刻的他，自己尚且朝不保夕，又哪里有工夫去关心他人？

第五章　混血儿

在答应李晓虹入职闪灵歌舞厅的第二天，李晓虹就派人开车来接走了凌飞。

凌飞来到闪灵歌舞厅的时候，心里还有些不安。这地方的气氛和凌小梅当初开的火鸟歌舞厅很像，头顶是球形的翻滚旋转彩灯，四周一片黑暗，舞池里都是搂肩抱腰跳交谊舞的男女。

实际上，当年的歌舞厅，远比现在的要文明许多。对于现在的人来讲，当年的歌舞厅，是没有多少夜店氛围的，直到千禧年之后，夜店文化在全国范围内蔓延开来，带着DJ、充斥着摇滚和放纵色彩的夜场才逐渐普及。

在歌舞厅的角落里，凌飞见到了他的上司尖屎哥。

尖屎哥是个混血儿，起初，凌飞还以为他那一头黄毛是染的，后来才知道，自打生下来，尖屎哥就是这副德行。

尖屎哥的这个混血儿身份，并没有一般的混血儿那么高贵。他的母亲是一名香港“坨地”[1]，她怀上了一个美国人的小孩，这个美国人是改革开放之后来到中国做生意的商人，在一夜销魂之后，只留下一个电话号码，就离开了香港。

这名坨地怀孕后在港区几经辗转，走投无路之际，就决定碰碰运气，偷偷来到内地，企图联系那个美籍商人。只可惜，这人根本没有留下真正的联系方式给她。万般无奈下，她只能在内地生下了孩子，也就是尖屎哥。

由于没有户籍，她只能带着孩子东躲西藏，颠沛流离，一直没有安家之所。但即便如此，她还是有梦想的，她觉得自己的孩子好歹是西方人的种，和别人总不一样。于是，就给孩子取了个名字叫詹仕，也就是普通话中的詹姆斯。

可是，她还是欠考虑，因为詹仕这个名字的发音，在粤语中与尖屎几乎一模一样，当混血儿詹仕踏入江湖之后，他非但没有因为是个混血儿而被人另眼相看，反而被人嘲笑着叫尖屎仔。起初，尖屎总是辩解詹仕和尖屎的不同，但久而久之，也就习惯了。

凌飞在社会上摸爬滚打几年，见过的各色人等不算少。他第一眼看见尖屎的时候，就知道他是个惹是生非、不知天高地厚的主儿。他甚至本能地拿尖屎和自己比较，反思着曾经的自己是不是也是如此。

尖屎哥手底下只有凌飞一个人，闪灵歌舞厅生意也并不算火爆。凌飞明白，虹姐并没有重视自己，甚至可以说，她是在打发自己。但人在屋檐下，不能不低头。

---

① 所谓坨地，指的是香港本地的三陪女。

凌飞每天的工作，往往并不是正经的巡查、保卫工作，而是坐在尖屎哥的旁边，听喝多了的他一遍一遍地说自己的英勇事迹。

尖屎哥嘴里的自己，有着电视剧男主角一般的身世。他对凌飞说，那个美国嫖客给她母亲留下的，不仅仅有电话号码，还有一块美国海豹突击队的勋章。还说他的亲生父亲，并不是什么商人，而是假扮成商人的士兵，来国内执行任务。甚至有那么一次，尖屎哥从身后拿出了一把黑乎乎的手枪来，说是他亲生父亲留下的信物。

凌飞第一眼看见那手枪的时候，顿时脊背发凉，浑身颤抖，几乎说不出话来。然而，在一次尖屎哥喝醉之后，凌飞壮着胆子悄悄摸了摸那把枪，这才放下心来。实际上，那是一把塑料仿真枪，只能射塑料 bb 弹。

尖屎哥不仅爱吹牛，而且贪财好色，他捞钱的手段在凌飞看来极其下流。

闪灵歌舞厅偶尔也会来一些未成年人，尖屎哥往往先是睁一只眼闭一只眼让人进来，待他们玩得兴起了，就忽然上前去要身份证。江湖经验丰富一些的人，往往会拿出孝敬钱来，五块钱十块钱的，让尖屎哥通融通融；而遇到不懂事的，尖屎哥就会以把他们扭送派出所相威胁，逼得对方交钱了事。

平日里没有未成年人光顾的时候，尖屎哥则混迹在歌舞厅周边的游戏厅里，敲诈未成年人的钱财。他怂恿过凌飞和他一起干这事，但凌飞总是笑着推辞，心里满是不屑。

尖屎哥的另一个爱好，则是抠女。作为混血儿，他的确长了一张不错的脸蛋，加上云山雾罩的吹牛本领，往往能骗到一些无知少女。几乎每隔几天，尖屎哥就会带着不同的女孩回来，直奔歌舞厅后的休息室。

对此，凌飞也只能无奈地摇头苦笑。但他没有想到，尖屎哥的这一嗜好，竟几乎给闪灵带来灭顶之灾。

第六章 共存亡

九月初，南方沿海的夜晚依旧炎热，凌飞坐在歌舞厅门口的台阶上，吹着海风乘凉。他不想在歌舞厅里面待着，一来，里面乌烟瘴气；二来，那个老式空调还不如电风扇管用。

尖屎哥又带了一个女孩回来，那女孩身材纤细，个子不高，手臂上和腿上都带着文身，头发金黄。凌飞看得出来，又是一个混社会的姑娘。尖屎哥进休息室之前，还给他打了声招呼，让他好好看着场子。

晚上八点左右，凌飞远远地看见一帮人，气势汹汹地朝歌舞厅走来。

这一片周围人不少，但大多是三三两两结伴而行，这样的大队人马十分少见，凌飞依据经验判断，他们肯定是来找茬的。想到这里，凌飞立刻站起身来，盯着那帮人。

很快，那些人就到了凌飞跟前，有十五六个，大多都带着家伙。为首的是个光头，操着一口并不算地道的粤语，大吼："让尖屎出来！"

凌飞一怔，皱眉说："找尖屎哥什么事？"

“你是尖屎的小弟？”光头大概是听出凌飞的口音，改了普通话，并不比刚才的口音标准多少，“让他给我滚出来。”

凌飞依然立在台阶上，冷冷地问：“我问你，找尖屎哥什么事？”

“你小子听不懂人话？”光头显然很是不耐烦，一把把凌飞推到一边，带着人径直冲进了歌舞厅，凌飞也紧随着跟了进去。

光头一进歌舞厅，就对里面的人大吼：“今天的事跟你们没关系，赶紧都滚出去，否则，别怪我不客气！”

来这儿玩的人，大多也懂一些江湖规矩，知道光头是来扫场的，立刻开始撤离。他们逃离的速度很快，像是见多了这种场面。不一会儿，歌舞厅内就只剩下凌飞和五六个服务员。这时，尖屎从休息室里摇摇晃晃地走了出来，显然是喝了不少酒，满身酒气地嚷嚷：“哪个不长眼的，吵什么吵？”

凌飞知道情况不妙，立刻快步挡在尖屎跟前。

“尖屎，我扑你阿母！”光头开口就是一句地道的潮汕式问候。

“光头佬，你谁啊？”尖屎已经说不清楚话了，却还是不甘示弱。

“你还敢问我是谁？”光头咬牙切齿地说，“你玩女人就玩女人，竟然敢动我妹妹，今天我就连你和这个场子一起扫了，让你长长记性！”

凌飞的脑子飞速运转，在他的印象里，半个月前，尖屎好像是带过一个和光头口音相似的女孩回来，看来他的确是惹事了。凌飞不由自主地扭头看了一眼尖屎，显然尖屎自己都没想起来这事跟谁有关，依旧是一脸茫然。但此刻，光头的妹妹是谁已经不重要了，重要的是，对方摆明了要扫场子。

混混扫场子不算什么新鲜事，也正是因为这类事情层出不穷，所以才有了看场这种职业。看场人的使命只有一个，就是和所负责的场子共存亡。

凌飞握紧了拳头，死死盯着那光头。

光头一声令下，他身后那十几个小弟立刻挥动棍棒，开始疯狂地砸周围的桌椅、酒瓶、装饰品。

凌飞想都没想，第一个冲了上去。擒贼先擒王，他砸碎了旁边的一个啤酒瓶，直奔向光头。

令凌飞始料未及的是，在他发动这种自杀式进攻的同时，包括尖屎在内的所有自己人，都不约而同地转身就跑，甚至连一句话都没有说。等凌飞反应过来，他已经被三个拿着棍棒的混混围在了中间。

凌飞以一敌多，几乎没有任何胜算。这一刻，他突然十分怀念和肥西他们一起冲锋的日子，那个时候，至少没人会这么不讲义气，扭头就跑。但此刻的情况已经容不得凌飞多想，三名混混同时向他冲了过来。

第七章　穴居者

夜幕降临的时候，滨海城南街道办事处旁的一处下水井盖被缓缓挪开。井盖是从下方被人顶起来的，起初只是挪开一点点，随后，被顶起的井盖一点点往旁边移动，忽然，井下伸出一只手来，一只脏污苍白的手，仿佛是从地底下爬上来的恶鬼。

那只手的主人探出了头，沿着下井扶手小心翼翼地往上挪动，过了五六分钟，才爬到地面上。他伸了个懒腰，贪婪地大口呼吸着新鲜空气，过了很长时间，似乎吸饱了这久违的清新氧气，目光游移，扫视着周围的一切。

这人长着一对三角眼，眼神中透着阴损毒辣，让人无法直视。他的身旁，城南的公路正在翻修，水泥路面即将改成柏油马路。这个时间，工人多半已经歇工了。

他忽然想起，自己以前也做过类似的工作，而这段回忆让他感到厌恶。他朝着未翻修完毕的路面吐了一口唾沫，冷声说："去你妈的，修路修路，有这个钱，干吗不分给老百姓？"

一声牢骚之后，他缓步向前移动，来到一个公用电话亭旁边。他从怀里摸索出一个黑色封皮的小本子来，反复检视了半天，又像收藏什么稀世珍宝似的，小心翼翼地把本子塞回怀中，而后，从衣服的另一个口袋里掏出一张磨损严重的电话卡。

在电话机上试了半天，那电话卡才奏效。他拿着听筒，仰头嘟囔了半天，才拨出了一个号码，但这个电话就如今天之前一样，依然没有接通。

他有些不耐烦了，挂上听筒，掏出一包被压扁的劣质香烟来，点上一支，猛吸了几口，似乎觉得不过瘾，把过滤嘴撕掉继续贪婪地吸食。

香烟的刺激让他心里有了主意。他依稀记得，在距离这地方不足两千米的南滨路路口处，有一家闪灵歌舞厅。七年前，那地方还不是歌舞厅的时候，他曾在那儿住过很长一段时间。他记得那是第一次来南方沿海，那几天的生活，几乎改变了他对这里的所有印象。

在山东老家的时候，有关南方经济特区的新闻，几乎让他的耳朵磨出了茧子，身边南下打工的亲朋好友，总是能通过电话带来一些振奋人心的消息。于是他也动心了，仿佛这南方沿海遍地是黄金，只要来了，就能享用特区经济腾飞的香甜果实。

然而，南滨路的那一处烂尾楼，却让他隐隐有些想家。他还记得，那几间简陋的住房，正是李子文亲自为他们安排的。那时候，他们白天帮着李子文跑运输，晚上在楼子里打牌度日，日复一日，整整过了一年多的时间。可以说，通运早期的发展，就是他们这些外乡元老给撑起来的。

直到李子文发迹，那几处烂尾楼重新施工翻修，他们才从那里头搬了出去，住上了真正意义上的员工宿舍。而那翻修之后的烂尾楼，就成了现在的样子，其中还开了一家闪灵歌舞厅。

如果他没记错，那里也是李子文的产业，也许在那里会遇到他想要找的人。凭借着记忆，他快步向南滨路的方向走去。

两千米的路程，他只用了不到十五分钟。当他靠近闪灵歌舞厅的时候，却发现这地方店门大开，里头时不时有人跑出来，每一个人的神情都慌慌张张。他有些好奇，刚要靠近，却看见一个拿着家伙的年轻人从里头翻滚了出来，直接跌下了台阶，摔得几乎站不起来。他再走近一些，就听见歌舞厅里头的怒骂、惨叫、玻璃破碎的声音。

他也算是个老江湖了，一听就知道发生了什么，不由得一拍大腿，说：“真他娘的晦气。”

想要找人似乎是不可能了，在这里继续逗留下去也没什么意义，他正要转身离开，却看见一辆黑色的奥迪自北边向路口开来，停在闪灵歌舞厅门口，车门打开之后，两名身穿西装的男子迅速下车，冲进了歌舞厅。

车没有开走，就停在歌舞厅门前。他认得这辆车，心中不由得一阵惊喜，迅速朝那辆车走过去，确定四周没人后，敲了敲副驾驶的车窗。车窗落下，露出一个年轻女子的脸庞。

看见他的瞬间，女子的脸色微微一变，冷冷说道："你还敢出来？"

第八章　悍　匪

自李子文死后，李晓虹就很少回家，一方面，接管公司后有太多的事情要了解和熟悉；另一方面，她觉得家里太冷清、孤单，索性就在办公室里隔出一间休息室，住在了公司。她没有用父亲的大哥大，重新买了一个，开了新号。她觉得一切要重新开始。

自接手通运以来，她发现通运的状况比她想象的要好，运输订单早已经预约到了明年，内部的业务流程也比较顺畅，只是父亲有很多投资，让她有些理不清楚。

今晚，她出差刚回来，还没进到办公室，就听见里面传来了电话铃声。可当她开门进去，拿起听筒之后，对方却已经挂断了。她本想休息一会儿，电话铃却再次响了起来，来电的人是尖屎仔。

李晓虹并不喜欢这个人，她不喜欢所有的小混混。她认为，那些受《古惑仔》影响深重的少年身上，都透着说不出的痞气。也正因如此，她不太爱接触那几家歌舞厅的生意，只想一门心思经营通运。

放下尖屎仔的电话，她赶忙叫上人赶去了闪灵。被扫场子事小，丢了面子事大，她很清楚这一点。无论今晚来找茬的是谁，她必须有所反应。

只是，李晓虹怎么也没想到，她会在南滨路遇见那个人。

她一直在找这个男人。这个男人是她的杀父仇人，可是很奇怪的是，李晓虹并不憎恨这个人，只是对这个人有些说不出的厌恶。

五年前，她第一次见到这个男人的时候，刚刚大学毕业。那天，她去运输公司找李子文，想让他来参加自己的毕业典礼。那个男人和几个运输队的员工正坐在公司楼下的台阶上抽烟聊天，看见她的时候，有几个穿着大背心的汉子直接对她吹起了口哨，甚至做出一些下流的动作来。李晓虹吓坏了，赶紧低下头，快步往楼里走。

这时，一个光着膀子的男人站出来制止了他们的调戏行为。李晓虹回过头感激地看了一眼这个男人。他光着膀子，一双令人生畏的三角眼微微眯着，而且他只有一只耳朵，失去的那只耳朵上皮肉粘连，有一道触目惊心的疤痕。李晓虹的那点感激瞬间被这男人丑陋的样貌吓没了。

而这个相貌丑陋的男人，最后竟然成了杀父的凶手。李晓虹没想到，他居然还敢出来，而且就这么站在自己的车旁。

男人似乎并不在意李晓虹的问话，说："你得让我进去。"

"你想怎么样？"李晓虹说，"现在我就可以报警。"

"那可不行。"男人冷冷地说，"你得让我进车里去。"

他说话一字一顿，似乎是在强调一个无可辩驳的事实。

李晓虹的嘴角动了动，还是让司机打开了后车门。司机有些犹豫，但最终只能照办。

男人在车里坐下，拍了拍座椅，说："嗬！是真皮的吧？你说你们这些有钱人，怎么就能越来越有钱呢？我们这种穷死鬼，就只能越来越穷。"

"你到底想怎么样？"李晓虹警觉地问。

男人瞟了一眼司机，声音依旧冷漠，说："他得下去。"

"小罗是自己人，有话你就直说。"李晓虹说。

男人摇了摇头，重复了一遍："他得下去。"

小罗平时只是干个接送的活儿，脑子里都是怎么伺候好领导，很少看新闻，自然也不知道身后坐着的是什么人。他觉得来者不善，转过头对李晓虹说："李总，不用怕，我来报警……"

小罗话还没说完，男人突然从外衣袖口抖出一把锁自行车的链条锁来，挥手一绕，瞬间把小罗的脖子和驾驶座椅背锁在了一起。小罗顿时瞪大了眼睛，拼命挣扎，可是越挣扎，脖子上的链条锁就勒得越紧。

男人狞笑着说："我手上沾着人命了，也不怕多沾一条。"接着，死死盯着李晓虹，"让这条狗滚出去，否则你车上该沾晦气了。"

"放了他，我让他下去。"李晓虹急忙说道。

"要是这条狗报警呢？"男人冷冷问道。

李晓虹说："不会，他要是报警，你这条铁链，就勒我脖子上。"

"成。"男人点了点头，不紧不慢地拿出钥匙，缓缓开锁。开锁的时候，还故意把铁链往后拉，一旁的李晓虹看在眼里，一句话也不敢说。

过了好一会儿，男人才收回链条锁。李晓虹拍了一下小罗的肩膀，说：“你先回家，不要报警。”小罗赶忙连滚带爬地逃了出去。

男人对李晓虹说：“你来开车，我让停，你就停，咱们找一个安静的地方聊聊。”

第九章 浴血奋战

1996 年，金学峰的一首《老乡》在粤爆红，几乎唱出了所有打工者的心声。

凌飞记得，第一次听到这首歌的时候，是在去年的一次家庭聚餐上。肥西的爸爸张洪发哭了起来，细佬谢的爸爸谢满江一杯接着一杯地猛灌啤酒。但这首歌对凌飞的触动并不大，他在广东出生，虽然顶着个外来客的帽子，却从来没有漂泊异乡的感觉。

在离开学校之后，他偶尔会想，包括自己在内，肥西、细佬谢等人，除了讲不好粤语之外，到底还有哪一点不算是广东人？为什么这顶外来客的帽子，却让他们与这个城市这样疏离？

此刻，凌飞在人群中横冲直撞，无数次被打倒，又无数次爬起来，这种疑惑就更加强烈了。因为他发现，光头带来的那帮人里，有很多都是外来客，他们的叫喊声中夹杂着各地的方言。

凌飞感觉迷茫、懵懂，很快脑子里就一团乱麻。也正是如此，对这种疑惑感到厌烦的他，下手变得更狠、更重，好像是在寻求一个不存在的发泄口。

俗话说，傻的怕愣的，愣的怕不要命的。今天，光头遇到的，就是个不要命的主儿。

十几个拿着家伙的混混，却搞不定他一个人。这家伙，满脸满身淤青，手臂和手掌上都溅上了血，被打倒了无数次，却依然能再次站起来，发动新一轮的冲锋。

更要命的是，那些对他围追堵截的混混们，论单挑，根本没有一个是他的对手。他打架很有技巧，总能找到别人最痛的地方下手，一拳过去，对手的战斗力往往就削减了大半，要在一旁休息很久，才能缓过劲儿来。

光头意识到，这家伙虽然年轻，但绝对是个老江湖了。

当李晓虹派来的两名帮手进入歌舞厅中之后，光头选择了认怂撤退。一个人他们已经搞不定了，更何况是三个人。只怪自己手下的小弟实在没用，而且一个个怂包无比，怕出事，不敢下狠手。

当那群混混渐渐撤出歌舞厅之后，凌飞目送着他们的背影，终于感觉到身体有些吃不消了。他有些耳鸣，依稀感觉刚才赶来援救的两人扶着自己，问自己怎么样。但他本能地把那两名男子推开，强行挤出一个微笑来，摆了摆手，自顾自地向歌舞厅后的休息室走去。

凌飞随手推开一间休息室的门，摇摇晃晃地走了进去，一屁股坐在门后，用背将门强行关上。他感觉浑身每一块肌肉都无比酸痛，手臂上的划伤也在这个时候有了明显的刺痛感。已经很久没有打架了，他忽然发觉，自己好像开始怕疼了。

他咬着牙，默默地点起一支烟来，猛吸了一口，这才感觉脑子清醒了许多。而这时，他忽然看见一个瘦弱纤细的身影站在自己面前。这房间里居然还有其他人。他猛然一惊，立刻站起来，厉声问道："你谁？"

面前的女孩扑哧一声笑了出来，说："你自己进来的，还问我是谁。"

凌飞终于看清了眼前这人，几十分钟前，他们俩还见过一面，这人就是尖屎哥带回来的那个女人。之前凌飞没有细看，现在才发现，女孩长得白净秀气，虽然一头金发，还带着文身，但看了也并不叫人讨厌。

"你受伤了？"女孩又问，"我刚才看见了，你打得好猛呀，好像不怕死似的。"

凌飞并没有心情理会这女孩，不耐烦地说："你是尖屎的女朋友吧？他已经走了，你也别待在这里，赶紧走吧。"

女孩不满地噘了噘嘴，说："谁是他女朋友，我才不喜欢他。"

"那你是谁？"凌飞一怔。

"我就是这里的员工啊，不能到休息室里休息一会儿吗？"女孩笑着说。

凌飞一头雾水。这里有些什么人，每个人是什么样貌，他一清二楚，除了平时在这里驻场表演的几个女孩之外，他并不知道场子里还有这么个人。

"你别骗我，我没见过你。"凌飞说，顿了顿，他又问，"你是做什么的？驻场演员、服务员，还是别的什么？"

“我是陪客人的。”女孩忽然走上前来，毫不顾忌地拿过凌飞手中的香烟放在唇间，吸了一口，轻轻把口中的烟吐在凌飞胸前。

凌飞也差不多算个成年人，这女孩的一举一动显然带着强烈的暗示，这让凌飞有些不自在，他严厉地问：“你说清楚，什么陪客人的？我没听说过场子里有这样的人。”

“你还是三岁小孩吗？”女孩扑哧一笑，忽然伸手解开凌飞的衬衣。凌飞不由得身子一颤，往后退了一步。女孩却并不顾忌什么，说：“别说这些了，你都伤成这样了，我帮你擦点药吧。”

第十章　交　易

在僻静的小路上，男人从奥迪车上下来，回头阴森森地笑了笑，说：“我叫石铁柱，别忘了，明天中午 12 点之前。”他抖了抖手里李晓虹给他写的大哥大和办公室号码的纸条，就消失在了夜色当中。

车里，李晓虹死死盯着那个背影，心情极其糟糕，这一刻，她真有一踩油门，冲上去把那畜生撞飞的想法。但最终，她什么也没做。

那男人向李晓虹要 10 万元现金，这不是一个小数目，10 万元是可以买下一套房子的。更要命的是，男人极其小心，不接受银行转账，只要现金，而且并未告诉她收款的地点。

李晓虹在车里琢磨了十几分钟，最终拿出电话打到了财务负责人王雅文的家里。王雅文从通运成立时就跟着李子文了，也算是元老。“王姐，明天一早，帮我准备 10 万元现金。”

“10 万元现金？这么大金额，恐怕有点麻烦，还要得这么急。”虽然以前李子文也会忽然调动大量现金，不过王雅文觉得李晓虹做事还是不够稳妥，有点为难地说。

“有什么问题，我担着。”李晓虹的语气很强势，不容反驳。

“好，好吧……我知道了。”王雅文被李晓虹的态度呛得不敢多说什么。但放下电话后，她却冷哼一声，嘟囔道：“小丫头片子，要不是你爸死了，哪里轮得到你来这么跟我说话？”

李晓虹并没有多余的精力去在意王雅文的看法，她把车开回到了闪灵门前，下车后缓缓走进已经满地狼藉的歌舞厅中。

她选了一张稍微干净的沙发坐下，点了支烟，冷冷盯着面前的一切。这一片狼藉，在她看来，就好比如今的通运公司，表面依然风光无限，即便是李子文死了，依旧井然有序地运作着，但内里却已经混乱不堪。这让她压力巨大。

场子里只有她带来的两个人在收拾地上的杂物，其他人全跑光了。李晓虹看在眼里，更是气不打一处来，厉声道：“怎么就你们俩，其他人都死了吗？那个叫凌飞的小子呢？”

两人抬起头来，其中一位低声说：“李总，其他人不知道，凌飞刚才一个人和那十几个人拼命，受伤了，现在在休息室。”

李晓虹不由得一怔，这一点倒是她始料未及的。

“我去把他叫出来吧。”那人见李晓虹不说话，有些战战兢兢地说道。

李晓虹摇了摇头，说：“让他多休息一会儿，你去打电话，把场子里的所有人叫来。都有他们家里的电话吧？”

“有，有记录。”刚才答话的那人说，“不过，万一有些人没到家，联系不上……”

“那他们以后就可以不用来了！”李晓虹在面前一张破损的茶几上按灭烟头，冷冷说道。

“好，明白。”那人不敢再多问一句，立刻照办。

见面前这两个大男人对自己一副唯唯诺诺的样子，李晓虹却倍感不适。就在几年前，她还是个连在大学课堂上演讲都会紧张的青涩女孩，现在，她却不得不撑起通运这个摊子来。她实实在在地感觉到，大学课堂上学的那些经济学和管理学理论根本用不上，就如同当年李子文对她说过的那样，支撑通运的不是什么学术理论上的救命良方，而是实实在在、血雨腥风的江湖规则。

这一刻，她不由得拿出钱包来，盯着钱包夹层里李子文的照片默默发愣。这就是她的父亲，一个看起来慈和、微胖、兼具中年男人的威严和儒雅的商人。

可不知道怎么回事，看着这张照片，她脑子里闪过的，却总是凌飞那张看似愚钝谦恭，却难掩桀骜不驯的脸蛋。

想到这里，她站起来，朝休息室的方向走去。

第十一章　家乡是他乡

凌飞忽然想起了陈婉秋，在这女孩之前，给他身上擦过药的人只有陈婉秋。那时候，他常常拖着一身伤痕回家，而母亲又忙于工作，管不了他，管他的也就只有以姐姐自居的陈婉秋了。

陈婉秋给他上药的感觉当然和这个女孩不同。陈婉秋的动作很小心，总是怕弄疼他，但实际上，那时候的凌飞根本不在乎疼不疼，只希望快点结束。陈婉秋的一切关心，在他看来都是多余的，他理解，却总是不肯接受。但现在他突然有些怀念那种感觉了。

面前的女孩头发上带着淡淡的香气，是洗发水的味道，但这香气却不是凌飞熟悉的青草香。和陈婉秋不同，女孩的身上，多少有些艳俗的气息。包括她的眉眼，她的动作，她的身段，一切的一切，在凌飞眼里都比不上陈婉秋。

陈婉秋比他大一岁，身上兼具少女的青春气息与成熟女孩的温柔。相比之下，面前这个女孩身材瘦小，看着显然要比陈婉秋年龄还大一些，却一副没发育的样子。虽说她脸庞也长得清秀白净，却根本没有陈婉秋的气质。

越是这么想，凌飞心里就越是陷入对从前的怀念之中。他突然有些后悔，如果自己没有做所谓的“古惑仔”，好好学习过日子，是不是事情就不会变成现在这样？

只可惜，岁月只能缅怀，不能回头。

凌飞一直沉浸在回忆中，忽然听见女孩问他：“你是哪里人呀？听你开口就是讲普通话。”

“哦，我是江西人，但是出生在这里。”

“江西人，真的吗？你是江西哪里的？”女孩瞪大眼睛问。

“九江。”凌飞凭着记忆说道。

其实，对于母亲的履历，他不甚了解。凌小梅这半辈子，实在过于颠沛流离了。他也始终想不明白，当年凌小梅、谢满江、张洪发和吴楚这四个人，是怎么凑到一起结伴南下的。这四个人无论性格、样貌、文化程度和身份背景都大不一样。

他唯一知道的是，在来到广东之前，他的母亲凌小梅，也曾是个没有出过远门的青涩女孩；而吴楚，也曾是个一腔热血的愣头青。相比之下，张洪发和谢满江却是两个老江湖。谢满江喝多了的时候，时常说："妈的，当年刚来的时候，吴楚那王八羔子，吃喝住，干啥不得靠着我们？什么都不懂的书呆子一个，呵呵，现在好了，发达了，看不起咱们了。"

的确，说来也怪，当初看起来如鱼得水的谢满江，如今混得最差；而当年两个不谙世事的年轻人，却在广东这片土地上发迹。要不是凌小梅被抓，她也算混得不差的。

"我！我也是九江人，我们是老乡！"那女孩兴奋地说。

凌飞被再度打断了思绪，露出一个略显尴尬的微笑，接着说："我自己来擦药吧。"

"你怎么了？"女孩看出凌飞的表情有些奇怪。做她们这一行的，察言观色是必备本领。"你是不是嫌弃我？"

"嫌弃？怎么会，我和你怎么谈得上嫌不嫌弃？"凌飞失笑道。

女孩忽然冷哼一声，说："看来你就是嫌弃我，要不，不会连我的名字都不肯问，一般人见着了老乡，绝对不会是你这表情。"

"我对九江不熟悉，跟你算不上老乡。"凌飞并没有说谎，他的确是九江人，却从来没有去过九江，凌小梅也一直对他说，没必要回去，他在九江已经没有亲人了。

其实，凌飞对整个世界都没有多大的归属感，他就像是一叶无根浮萍，不需要眷恋一片土地。

女孩忽然微微低头，红着眼睛说：“你骗人，但我不怪你，我知道，你是看不起我们这种人的……”

“这种人，哪种人？”凌飞不由得一愣。

“你是真傻还是装傻？”女孩沉下脸来，冷冷地说，“我这种人，在这种地方，还能干什么？”

凌飞确定了自己的猜想，不由得心头一紧，“你的意思，这里是荤场子？”

第十二章　荤场子

女孩失笑道：“什么荤场子素场子的，这里是歌舞厅哎，你以为，男人们来这里是为了什么？难道就为了喝酒吗？”

凌飞心一沉。他不会忘记，自己的母亲就是因为容留卖淫被抓的。凌飞从来没有想过，自己也会上了这条贼船。

见凌飞没说话，那女孩又说：“我也不想做这一行，但我有什么办法，我爸妈都下岗了，我只能出来打工，又没什么本事……”

凌飞看着女孩那张白净的脸，心里有种说不出的滋味。

二十世纪九十年代，从国企改制开始，大批员工下岗，这些人多半是三四十岁的中年人，拖家带口，承受着巨大的生活压力。他们并不懂什么市场经济，更不懂发展中的“阵痛”，他们只知道，自己没工作了，没工作就意味着没工资，没工资就意味着难以生存。

九十年代中期是南下打工潮的高峰期，或者说是继八十年代后的第二个高峰。下岗潮带来的打工潮，给广东注入了新鲜的活力，大量年轻劳动力和人才的涌入，甚至比凌小梅他们那个时代势头更甚。

但是，无边的繁华与磅礴的发展人潮之后，却是“灰色地带”的崛起。这女孩，仿佛就是这一切的牺牲品。

“你爸妈呢？就你一个人出来打工？”凌飞不由得问道。

“爸妈？当然在老家，下岗以后，我爸在路边摆摊，我妈没经受住打击，躺床上了。”女孩又向凌飞要了一支烟，点燃，吸了一口。说话的语气，就像是在说别人的事儿。

她顿了顿，又说：“我还有个弟弟，还在念书，就我爸赚的那几个钱，根本不够我妈看病和弟弟上学的，我在这里，还勉强能帮他们补贴一点。”

“你为什么不回家？”凌飞又问，“回家也能找到工作，不一定非要待在这里。”

“呀，你真是个小孩子。”女孩笑着说，“家里哪有这里赚得多，根本不够贴补家用的。再说我没文凭、没技术，回去只能出苦力，我可不想那样……”

凌飞咬了咬牙，又说：“唱歌呢？”

“不会唱，唱歌也很累，赚得没我多。”

“你是自甘堕落！”凌飞骂了一句，猛地起身，推门往外走去。

那女孩没有说话，默默低着头，吐出一个烟圈来。她淡淡地笑了笑，忽然觉得，凌飞这种人在这样的场所里十分少见，居然还有这种天真的想法，也不知道该说他是有骨气还是傻。

凌飞推门出去时，刚好和向休息室走来的李晓虹撞了个正着。见凌飞一脸怒气冲冲的模样，李晓虹不由得一惊。

凌飞狠狠地盯着李晓虹，说：“你为什么不告诉我你们这里还干那种勾当？！”

李晓虹一愣，“你在说什么？”

“为什么你不告诉我，这个场子里做皮肉生意？”凌飞龇着牙说道。

李晓虹皱了皱眉，看着休息室，问：“里面有人？”

“这你别管。”

李晓虹却不理他，径直打开了休息室的门，一把把那个女孩拽了出来，用粤语问：“细细粒，你跟凌飞讲了什么？”

女孩低着头，一言不发。

“讲话！”李晓虹厉声说，女孩身子猛地一颤。

“你别骂她！”凌飞咬牙说，“不关她的事，现在是我在问你，为什么事先不说清楚？你们要干什么勾当我不管，但我不想上你们的贼船！”

两个跟班听到休息室这边的声音，凑到一起窃窃私语。他们知道这位李总的脾气，她的脾气比她的父亲李子文有过之而无不及，这个不知天高地厚的少年一定是要倒霉了。

可谁知道，被这样顶撞的李晓虹却没有发作，扭头对那两人说：“你们不用再打电话了，先把细细粒送回宿舍，我跟凌飞单独聊聊。”

那两人呆住了，其中一人望了望四周，说：“这场子……”

“关两天门，不会耽误什么事。”她说完，又叮嘱道，“记住，今天这里被扫的时候，从后门逃出去的，一个个都给我记清楚，之后让他们自己打电话向我解释！”

“明白，明白……”两名小弟唯唯诺诺地点头。

第十三章　人在江湖

满地狼藉的歌舞厅里，就只剩下李晓虹和凌飞两个人。李晓虹让凌飞坐在沙发上，自己找了一张还没被打坏的椅子，拍干净上面的灰尘，坐在凌飞对面。

此时，稍稍冷静了一些的凌飞反而觉得紧张起来。

李晓虹点了一支烟，又把半盒香烟递给凌飞。凌飞摇了摇头，拿出自己口袋里的烟来，冷冷地说：“不用，我有。”

“怎么？是嫌我的烟不干净吗？”李晓虹微笑着问。

实际上她一点儿也不生气。不知道为什么，凌飞并不让她觉得烦躁，那些平时对她唯唯诺诺的小弟、员工们，反而让她感到厌恶。其实她本是个很有耐心的人，只是接管公司之后，很多事将她的耐心一点点消磨殆尽，可是面对凌飞时，这种耐心似乎又找了回来。

凌飞摇了摇头，说：“不，李总，你的烟我抽不起。”

李晓虹笑着把烟收了起来，说：“我没说要你付钱。”

“不付钱也抽不起。”

李晓虹轻轻地吐出一个烟圈，说：“你现在想怎么样，报警吗？”

她指了指吧台上的电话机，“去吧，你现在让警察来，我绝对不会逃走，我会和你一起在这儿等。”

凌飞怔了怔，不是太明白李晓虹的态度，但很快他就看出来，李晓虹是有恃无恐。这歌舞厅已经被砸得不成样子，警察就算是来了，也没有任何证据。

“怎么不去了？”见凌飞不动，李晓虹笑着问。

凌飞摇了摇头，说：“我不会报案，我只是不想掺和你们的事，你最好给我调岗，或者，你开除我也可以。”

“开除你，我怎么保证你出去后不会乱说？”李晓虹笑了笑。凌飞听了这话，猛地抬头盯着李晓虹。李晓虹的表情让他有些捉摸不透，他忽然有些紧张，上半身不由得直立起来，整个人往后挪了挪。“你想干什么？”

“我不会干什么的，你想太多了。”李晓虹失笑道，“我只是觉得，我必须要把道理跟你说清楚。”

凌飞没说话。

李晓虹继续说：“通运是一家运输公司，在工商局的注册登记里是不涉及任何娱乐、服务行业的。换句话说，这个地方不是通运的地界。当年，我爸拿钱资助了不少人开场子，也从中拿一些分红，他们也看重通运的实力，所以我们在这里有话语权。不仅仅是歌舞厅，还有游戏厅、桌球厅。如果我爸还活着的话，还准备赶时髦，资助人开一家网吧。”

凌飞听着有些发蒙，网吧对他来说太陌生。1997 年依然是电话线拨号上网的时代，哪怕是作为经济特区的广东沿海也一样，网吧是很多人都没接触过的东西。

李晓虹也并不想和他解释那么多，继续说："告诉你这些不是为了炫耀，而是让你想清楚一件事。我爸为什么要资助那些人？难道就为了这一点分红吗？他们每个月给的分红，有时候甚至不及通运一个星期的盈利。"

凌飞抬起头，看着李晓虹，却依然不说话。

"是人情。"李晓虹说，"我爸和他们没有合约，却急人之急，帮他们开店。他们给的分红有多有少，但也没有合同和固定比例。这不仅仅是分红，也是感恩。"

她顿了顿，又说："他们的员工，怕我也好，尊重我也好，其实都是因为我是李子文的女儿，是通运的负责人。我有话语权，但并不建立在合同上，而是建立在人际关系网上，你懂吗？"

凌飞把脸微微偏向一边。

李晓虹又抽出一支香烟，却没有点燃，叹了口气，说："你一腔热血，我可以理解，但你也应该考虑考虑什么是社会，什么是人际关系。"

"你们既然有话语权，为什么不监督他们，不让他们干这种事？"凌飞终于忍不住，瞪眼问道。

"通运和他们没有合约，无权监管，只能规劝。"李晓虹说，"但是，有一件事你得清楚，规劝他们走上正途也许是好事，但说不定也会把他们害得血本无归。"

"你什么意思？怎么可能？"凌飞一怔。

"很简单的道理。在学校里，考试的时候，一个人作弊是错的，但如果全班都在作弊，难道你依然要保持所谓的原则吗？”

凌飞被问住了，过了很久才说：“你的意思是，所有的场子都……”

李晓虹并没有直接回答，只是笑了笑，说：“还有另一个问题，如果每一个场子都不做那些生意了，那么像细细粒这样的女孩子，要怎么在这里生活？”

凌飞再次愣住了。李晓虹的每一句话他都没法反驳，但就是觉得不对。

他摇了摇头，说：“我不觉得你说得对，也不想和你辩论，更不想掺和了。但你也放心，我绝对不会出去乱说，这事跟我没关系。你让我走吧，工资的话……我上几天班，你就给我结几天的，这样总可以吧？”

“说得合理，不过我现在还不想让你走。”李晓虹忽然笑了笑，说，“我想让你接手闪灵歌舞厅。”

第十四章 夜幕下的行迹

傍晚7点15分，城南分局接到报案，有人在滨海城南路街道办事处附近看到了一名疑似通缉犯石铁柱的男人。报案的是一名修路工人，他当时正好下工，在路边的大排档里吃了一碗烧鸭饭，打着饱嗝，剔着牙，悠闲地在大排档门口的榕树下乘凉。

据修路工人反映，这名男子衣着破旧脏污，像是从泥沟子里爬出来的一般。他还发现这人有一对狠厉的三角眼，只有一只耳朵，一切特征都符合对通缉犯的描述。男子自南向北走了大约一百米的距离，在一处电话亭里停留了大约十分钟才离开。

城南分局接警之后，刑警支队副支队长陈学武亲自带队，赶往南滨路调查。

根据报案人的描述，那个男子应该就是“6·10”案件的通缉犯石铁柱。可他是从什么地方冒出来的？在此之前，警方几乎已经确认石铁柱已经逃离了本市。可他突然出现，到底是为什么呢？陈学武站在街道旁边，抽着烟，思索着。

他在电话亭待了十分钟，是在跟谁联系？想到这儿，陈学武安排警员去电话局调查晚上6点之后从这个电话亭打出去的所有电话。

陈学武沿着南滨路缓缓踱步。这个地方离海岸线很近，再往南就到港澳地区了。最近香港回归，关口地区的人不少，即便到了晚上，也未必会完全散去。陈学武判断石铁柱不可能往关口方向，当下，偷渡可不是件容易的事情。那么，石铁柱的活动范围就应该在这附近。

陈学武边思索，边看着周围的环境。他发现城市公园的长椅上躺着一个流浪汉，那人穿得破破烂烂，和衣而卧，旁边的巡逻人员也不管他。再往前走，又有几个流浪汉，或坐在树下，或蹲在路边。

“难怪选这个地方。”陈学武自言自语道，接着，带了两个人向那些流浪汉走去。

陈学武的判断没有错，他们从流浪汉嘴里得到了一条重要的信息。最近，在附近的流浪汉圈子里，出现了一个很奇怪的人。这人话不多，几乎不和他们交流，每天早上会出现在路边，跟随着大部队沿街乞讨，晚上人就不见了。

这一圈子的流浪汉头子看不惯新人，有一回上前去挑衅，反而被那家伙揍了一顿。而他晚上再带人去找茬，就找不到那个家伙了。根据流浪汉的描述，这个新人，应该是石铁柱无疑。

陈学武又在周边的商铺获得了一些线索。这些商铺都是小摊子，平时对任何人，包括流浪汉，都来者不拒，他们每天要招待的客人不少，一般也很难记住人的样貌，加之石铁柱肯定会刻意掩饰，所以大部分人都提供不了什么有用的信息。只有极少数的几个，说他们在流浪汉的群体里确实见到过一个“一只耳”。这一切都证明，南滨路的确就是逃犯石铁柱的“生活圈”。

“就这么短短的一条街道，他能藏到哪里去？这地方，连商铺都比别的地方简陋，还临近街道办，他怎么可能有地方躲藏？”陈学武自言自语道。忽然，他听见脚下发出一声轻响，低头之间，他发现自己踩到了一个未完全合上的井盖。

第十五章　物是人非

陈婉秋已经有一阵子没见到自己的父亲了。自转学搬家之后，陈婉秋一直住在城南分局附近的警队公寓里。现在这所学校的管理也远比之前就读的学校要严格，几乎每晚都有晚自习。越来越繁重的课业让她忙碌起来，能够暂时不再去想过去发生的事情。

来这里一个月的时间里，她变得沉默寡言。

实际上，她进入新班级的时候，也还是引起了一点小波澜的。新来的插班生，而且是个身材高挑、成熟美貌的女生，这对于正值青春期的高中生来说，的确极具话题性。但是，很快大家就发现，这个班花级的人物不怎么爱跟别人说话，总是默默地坐在角落里读书。上课的时候，老师似乎也有意不点她发言，就像班级里根本没这个人一样。如果不是第一次单元测验后，陈婉秋的成绩名列前茅，大概很快她就会被人遗忘掉。

陈婉秋并非不想交流，只是现在的她，对周围陌生的一切感到莫名的恐惧。下课的时候，有些男生在她旁边嬉闹，她也感到厌烦无比。有时候，一些无意识的肢体触碰，更是让她心中一阵恶心。

男生们私下打赌，看谁能先跟陈婉秋成功搭讪，好多男生都碰了一鼻子灰。

这天午休时，陈婉秋正看着玛格丽特的《飘》。其实，她的思绪早就飘到了书外。这时，一个男生凑过来，说："看什么呢？"

最开始，陈婉秋没想搭理他。可那个男生却不依不饶的，见她不回话，又说："哟呵，外国书啊，情情爱爱的呗，你这可是资产阶级的腐朽思想。"

陈婉秋抬头盯着那男生，目光冷峻，说："这是外国名著。"

"哇，你会说话啊？"男生又说，"我还以为你是哑巴呢。我听说，外国的小说里，很多情爱的描写，对不对？你看的时候会不会脸红呀？"

这话引起旁边人的哄笑。

陈婉秋听了这话，心里头不由得一紧，猛地站起来，把书摔在桌上，吼道："你说什么？"

那男生显然吓了一跳，但并不想在女孩面前丢了面子，咬了咬牙，说："怎么还急了？老师说啦，不可以在班级里看课外读物，你违规啦。"说完，嬉皮笑脸地伸手就要去拿陈婉秋的书。

几乎在同一时刻，陈婉秋捏住了他的手腕，猛地一扯，一摁，那一米七几的男生，居然被她直接摁趴在桌子上，一只手臂被挟制住，动弹不得。

男生疼得哇哇大叫，旁边的学生都惊呆了。过了很久，陈婉秋才回过神来，松开那男生，拿着书转身出了教室。

这个时候，她才反应过来，自己居然本能地使了一招擒拿术。实际上，从她很小的时候起，陈学武就很注重她的体育锻炼，还教过她不少防身的本事。陈学武总说，女孩子要学会保护自己。

陈婉秋跑下了教学楼，来到学校角落的大树下，不顾地上的灰尘落叶，直接坐了下去。她把脸埋在膝盖之间，像个孩子似的哭了起来。她好恨，恨自己为什么被侵犯的时候没能拿出这样的本事来；也恨自己为什么变成了现在这样的人。

这一整个下午，她没有再去教室，也没有人找她。在学校里闲逛到放学之后，眼圈通红的陈婉秋来到校外的电话亭里，给父亲打了个电话。

忙于侦查的陈学武显然没有听出女儿声音的不对劲，而陈婉秋本想倾吐的脆弱，也在父亲三言两语的敷衍中，被哽在喉头说不出口。今晚还是一样，陈学武要住在警队，不会回家。

挂断电话，陈婉秋苦笑一声。这一刻，她忽然想回滨海南路的小巷子里看一看。不知道为什么，她居然想起了凌飞。虽然这些日子里，陈学武一直咒骂那个浑小子，认为是他导致了女儿的不幸，可陈婉秋依然没办法怨恨他。

她想他，却又怕见他。

鬼使神差地，陈婉秋坐上了回滨海南路的公交车。四十分钟后，她再次站在巷子口。周围的一切似乎都没有变化。

她缓慢地走进巷子里，却发现巷子深处，凌飞家的门是虚掩着的，门锁已经被人撬开，显然是有贼光顾过，也说明凌飞应该已经不住在这里了。

她小心翼翼地进了房间，还好，这里还没有停止供电，只是房间里满地狼藉，仿佛遭遇了报复性的袭击似的。大概那个倒霉的贼进来之后，发现没任何东西可以偷，所以好好地发泄了一通。

陈婉秋默默蹲下身来，竟开始收拾起来，虽然她也不知道这么做到底有什么意义。

第十六章　年轻的负责人

当李晓虹说，要凌飞来当闪灵歌舞厅的负责人时，凌飞以为她是在故意拿自己开涮。但李晓虹显然是认真的。第二天，凌飞就拿到了闪灵所有在职员工的名册。

李晓虹告诉凌飞，闪灵歌舞厅原本是李子文资助一名落魄的水产老板开的店。这块地皮原本是准备开发新式小区的，但是由于资金链断了，楼盘最终成了几栋烂尾楼。于是李子文出资买下这片地皮，做了一些改造，就成了现在的样子。

这笔买卖，其实不论怎么算，李子文都是亏的，但他还是这么做了，而且还无条件地帮助了那名水产老板，让他租下这个店面来，开了歌舞厅。

老板原本想开的是海鲜饭店，但是当时海鲜饭店遍地都是，没有任何竞争力，于是在李子文的建议下，老板赶了个时髦，开了这家歌舞厅。

不过，这里只在开业时火爆了一阵子，后来就由于市中心迁移的缘故，生意越来越差。到 1996 年年底，那名老板把店面全权委托给了通运，自己去了香港，目前也不知所踪。尤其是在李子文去世之后，更没人能联系到他。

听了这些，凌飞只说了一句话："既然 1996 年就委托给通运了，那就意味着，你们从那时候就有机会改变这里的风气，可你们没这样做，依旧从事违法经营。"

凌飞的义正词严让李晓虹哑然失笑，但她不愿再继续解释，反而说："所以现在交给你，你来按照你的想法订立制度，我可以给你必要的支持，你看怎么样？"

凌飞沉默了一会儿，有些不敢相信似的，接着又抬起头，说："这可是你说的。"

"是我说的。"李晓虹回答，"这一点我可以保证，要钱，要人，我都可以帮你。”

凌飞疑惑地问：“你就不怕我卷钱跑了？”

李晓虹笑了笑，说：“你能去哪里？”

凌飞不由得心头一沉。他知道对方并不是在奚落自己，而是说了一个事实，现在的他确实已经无家可归了。在闪灵做保安的这段日子里，他吃喝拉撒都在歌舞厅。每天深夜，客人们东倒西歪，气氛逐渐暧昧，舞池里人渐稀少的时候，他就一个人坐在角落里，默默发呆。然而，他更害怕的是白天。白天，歌舞厅不营业的时候，店里空无一人，他连一个说话的伴儿都找不到。

凌飞从前话不多，是因为总有人在他身边聒噪。现在他才知道，比起聒噪，更可怕的是孤独，而且是一种看不到尽头的深邃的孤独。有时候仔细想一想，他会觉得从前的自己，真是身在福中不知福。

然而眼前的情形容不得他沉湎于过去，得到李晓虹的保证之后，凌飞虽然心里还有些犹疑，但依旧点了点头，说：“既然这样，这活我接了。”

李晓虹脸上挂着似笑非笑的神情，心想：“你除了接下这活来，也没别的出路。”

名册上包含所有闪灵歌舞厅员工的资料。但是，实际上这份资料也是不全面的。那时在一些小店面、小企业里，合同制并未得到普及，给钱用人，还是最直接的办法。尤其是这些员工当中，一些人是从事“灰色”甚至“黑色”职业的。

李晓虹将闪灵交给凌飞管理的决定很快就下达到了包括尖屎仔

在内的十几人的耳中。他们觉得凌飞的上位显然靠的是那一晚坚守阵地、受伤不下火线的英勇表现。也正因为如此，倒没有人提出反对意见，毕竟那天除了凌飞，所有人都怂了。

他们满以为，无论换了谁来当负责人，从前该干吗还是干吗，对于那晚的事情，李晓虹没有过分追责，他们也就算是逃过一劫了。可凌飞在拿到名册的当晚，就把所有员工召集到歌舞厅开会，宣布他的“改革”方案。大家几乎都傻了眼。

闪灵歌舞厅不大，包括尖屎仔在内一共四名服务员和安保人员，三名驻唱歌手，其他的七八人全都是所谓的三陪，其中，有一名驻唱的歌手还是价格比较高的三陪。不仅如此，每隔一段时间，歌舞厅都会招些新人，以满足客人的不同需求。

这是凌飞首先要扭转的局面。

按照他最直接的想法，这些女孩要么转岗成服务员，要么转成驻唱歌手。当然，歌手只允许表演，不允许跟着客人走。凌飞还让驻唱的歌手和服务员们一起培训这些女孩，俨然一副改革的模样。

但凌飞并不知道，就在他开会的当晚，李晓虹接到了好几个闪灵的老员工打来的电话。

第十七章 逐臭蚊蝇

这一整天，那个男人都没有联系过李晓虹。李晓虹感到很焦虑，不清楚到底出了什么事。她急于尽快交易，免得夜长梦多，而那个男人却似乎很不着急，故意拖延。

石铁柱之所以不联系她，并不是因为不想，而是因为不敢。石铁柱的老窝，那个原本无人管理的下水道被陈学武发现了。当他回到南滨路附近的时候，这里已经拉上了警戒线，他远远地就看见身着八九式绿色警服的大盖帽在路中间勘查取证。

石铁柱吓出了一身冷汗，庆幸自己站在距离路灯有一段距离的阴影之中，难以被发现，否则，这个时候应该已经被摁倒在地了。沉思片刻之后，他扭头就走。这座城市的下水道、桥洞子和烂尾楼到处都是，实在不行，找一处废弃的工地，或者垃圾堆附近，也能凑合几天。

石铁柱走到了距离南滨路三千米外的北花园大道附近，发现了一处废弃的厂房。这地方显然成了市民抛弃生活垃圾、流浪汉露宿的首选，看样子已经荒废一段时间了。

实际上，在滨海地区，这样的废弃厂房、废弃工地非常多。这一切，就是高速发展的代价。每天都有工厂、公司在倒闭，每天都有人失业，每天城市里都会出现这种未开发完就荒废的地方，仿佛是这座城市的伤疤，滋生出漫天的腥臭气息，却无人问津。石铁柱这种人，就仿佛是爬在这座繁华城市身上的蛆虫，追腥逐臭，只会待在这城市的伤疤之上。

石铁柱在厂房的角落里找到了一张破烂的条凳，随便搁在厂房中间，就躺了上去。虽然面积很小，但对于他来说已经足够了，至少，这也算是个遮风避雨的地方。

石铁柱默默地看着厂房的墙壁，看着老鼠在眼前穿行，看着一只硕大的蜘蛛自窗沿处往天花板上爬去，看着野猫跳上窗台，瞪着一对泛光的眼睛盯着自己。

他并不觉得悲哀，反而觉得这就是自己的命数。当年在家乡，他也算是个老实本分的人，这是无可辩驳的。如果不是老实本分，他也不会被朋友骗到这里来，不会跟那个混蛋李子文干那么多年，连个车队组长都混不上。如果不是老实本分，杀了人之后，他就应该按照约定，拿到自己应得的那一份儿，可是，现在那个传闻中的雇主都不知道跑哪儿去了。

他这么想着，小心地翻了个身，叹了口气。他摸到了怀里一直藏着的那个小本子，不由得笑了笑，还好不老实了一次。他拿出小本子来，翻看着。

他不识字，小本子上写的是什么，那些数字是什么含义，他完全看不懂，在这黑暗中，他也根本看不清。但他很聪明，即便不看也知道这是什么，李子文每天都把这个东西带在身边，一定是非常重要的东西。而且今晚李晓虹的表现也证实了他的猜测。

黑暗中，他发出嘶哑的笑声来，仿佛手里拿的不是一个本子，而是他期盼的 10 万元。

可他突然发现，那本子好像脱胶了，有几页纸已经掉落下来。他慌忙坐起来，小心翼翼地整理了好一会儿。

由于看不懂上面的内容，他也不知道这些纸页的顺序，所以只能胡乱叠放。他不由得感觉到脊背发凉。在下水道的时候，该不会也有纸页掉落了吧？

第十八章　线　索

石铁柱的担心是对的。陈学武等人在下水道之中一通翻找，有了不小的收获。他们发现了几件破旧的棉衣铺成的床、吃剩的饭盒和饮料瓶、几件脏污的单衣和一堆报纸。这一切都证明，这干涸的下水道里确实住过人，而且住过不短的一段时间。

沿海地区很多地方都是填海建成的，排水系统甚至比一般地区的更差，下水道也更加潮湿、狭小。尽管这个下水道已经很多年无人问津，但依然散发着浓烈的恶臭，墙上长着厚厚的霉苔，也不知道石铁柱是怎么忍受在这种地方过活的。

惊叹于石铁柱的顽强生命力之余，陈学武也感觉到，自己可能真的遇到对手了，这个逃犯，确实不好对付。

而在检查物证的时候，有三张纸片引起了陈学武的注意。那三张纸片与废旧报纸不同，显然是笔记本上掉落下来的。只可惜，由于下水道内污水四溢，潮湿异常，那三张纸片上的字迹大多已经看不清了，只有其中一张还能依稀辨别出几个数字来，上面还有四个字：凤来股份。

凤来股份是一家港资公司，在本市已经经营多年，主要做的是加工行业。按理来说，运送货品、运送器械零件，也是可能和通运扯上关系的，本没有什么值得大惊小怪。但是，这家公司的名字会出现在一名凶犯遗落的物品上，那就值得注意了。

去调查电话号码的警察跑了过来，告诉陈学武："根据目击证人提供的时间段排查，发现有几个拨出的号码没有打通，但都是打到李子文的大哥大上的。”

“打给李子文的？”陈学武疑惑地问。

“是的，不过李子文的电话已经注销了，所以没有打通。”

“看来他是想联系李子文的女儿，可为什么呢？”陈学武心想。

与此同时，警方通过排查走访，大致确定了石铁柱的行动路线，知道他在闪灵附近停留过一会儿。当他们来到南滨路的闪灵歌舞厅前的街道上时，陈学武看见了一个熟悉的身影，那个少年正和李晓虹一起从歌舞厅里出来，他们身后还跟着两个穿西装的男人，似乎是跟班。可以看出，闪灵歌舞厅今晚并没有营业，平时这里绝对没有这么安静。

陈学武又沉默了下来。

这个时候的他，对这个少年的感情已经变了，他不再是那个故人之子，而是一个害了自己女儿的“古惑仔”。但不知道为什么，陈学武却依然不想让他卷进今天的事情里来。他不知道这到底是出于对那位故人的愧疚，还是出于对这位少年多舛命运的同情。

陈学武想了想，才开口说：“看样子这个歌舞厅今天没营业，先不用去了。你们再去附近找找有没有其他的目击者。”

旁边的刑警点点头。陈学武挤出一个微笑，带人转身离开。

这一刻，他居然有些担忧。他担忧凌飞和通运的某些非法经营扯上关系，也担心这些非法经营与李子文的死直接相关。他突然有些害怕，怕自己的这双手，刚刚把母亲送进了监狱，就又要给儿子戴上手铐。

第十九章　被弹劾的改革者

一整天的等待，让李晓虹焦躁不安。到了晚上，电话终于响了起来。李晓虹赶紧接起电话，谁知道来电的却是尖屎仔。

她没好气地问发生了什么事。尖屎仔当然没有听出来李晓虹的不快，还拐弯抹角，一副不敢说的样子，“虹姐，有些话，我憋不住，想跟你讲讲。但是又怕你不高兴，所以不敢当面讲……我打这个电话来，应该没打扰到你吧？”

“你有话赶紧说！”李晓虹努力控制着情绪。

尖屎仔像是得了圣旨，说：“哎哎，好，那我讲了……是关于凌飞……哦，不对，关于飞哥的。虽然我也知道，那天晚上，他表现得比我们都男人，我们一个个都是怂包，但说实话，他的经营方式还真是不敢恭维……”

“你先按照他说的做就是了。”李晓虹懒得听对方在细节上的抱怨，冷声说。

“可是，虹姐，这样下去是要……”尖屎仔一下子急了，说，“是要倒闭的……”

“那就等真要倒闭了，你再跟我抱怨。”李晓虹说完，直接挂断了电话。

这些情况在她的意料之中，所以她根本不愿意听。而且，她现在生怕因为电话占线，石铁柱联系不上她。

过了几分钟，座机响了起来，是闪灵的一个老三陪女。她在闪灵干了三年多了，一直“兢兢业业”“任劳任怨”，只是后来慢慢的生意变得不大好了。

其实，李晓虹不问都知道她想说什么，但还是耐着性子问：“这么晚了，你有什么事吗？”

“虹姐，今天我遇到一件特别稀奇的事情，现在的年轻小伙子真是搞不懂……”那女人语气有些夸张地说。

接下来可想而知，她说的话和尖屎仔差不多，最后还是被李晓虹搪塞了过去。

再度挂上电话，李晓虹伸手揉了揉鼻梁。她感觉心好累，别的女孩到了她这个年纪，早都已经找个疼自己的男人结婚生子了，可她现在却做着男人都未必能做的事，扛着比普通男人还重的压力。

十几分钟后，又一个电话打了进来。李晓虹深吸一口气，慢慢拿起听筒，来电话的是闪灵的一名服务员。

这帮人显然是没有商量，都是自发来电话的。李晓虹深知，这些人是绝对不敢跟自己耍心眼搞电话轰炸的。她不由得感到有些蹊跷了，这个凌飞，到底是做了什么天怒人怨的事情，让那么多人来告状？想到这里，她决定听一听服务员说些什么。

于是，她问那名服务员今天到底发生了什么事。而听完服务员的抱怨之后，李晓虹只觉得哭笑不得，一时之间不知道该说点什么。

那名服务员说得特别激动：“虹姐，你说那天晚上，他表现得更男人一些，这没错。你要升他职，也没错，但是这也得分岗位吧。他要当大哥看场子，要罩着我们，这没问题，这是好事，可他根本不懂怎么经营夜场，非让他做，只会出事啊！”

他也许是觉得自己说得太过激烈，顿了顿，又说："我对凌飞哥没有任何偏见的，我原本也不太认识他，平时他很少跟我们说话，所以我没必要说他的坏话，我讲的都是为了咱们公司……"

"好了。"李晓虹打断他的话，"我知道了。"

"虹姐，那……"

"早些休息吧，没我的答复之前，维持现状。"

"可是……"

对方还想说什么，但李晓虹没有给他机会，她感觉自己已经听得够多了。

电话挂断后，李晓虹仰头靠在椅背上，重重叹了口气。过了好一会儿，她点燃一支烟，默默地吸着，看着办公室的一角发呆。她知道，石铁柱应该不会联系她了，但是，"弹劾"凌飞的电话还会继续打过来，或许还有三个，或许还有四个，或许还有更多。

这一刻，她甚至有些怀疑自己是不是疯了，为什么会做出这样冲动的决定来。但很快，她安慰自己，或许，让那个孩子自己去经历一下挫折也好。

第二十章　脆弱的梦想

凌飞感到有些苦恼，他的"新政"实施了三天，似乎就已经推行不下去了。

第一天晚上，通过对客人年龄的严格控制，他们成功劝退了超过十个未成年人。同时，由于这里不再有色情服务，至少有七八名老顾客骂骂咧咧地悻悻而去，其中一个还差点跟凌飞发生冲突。他扯着凌飞的衣领怒吼，问他到底在假正经什么，而凌飞表现出了一个领导者应有的镇定和耐性。最终，那人只能无奈离开。

到了第二天晚上，歌舞厅里的顾客数量减少了一半以上。凌飞却并不觉得不安，反而觉得高兴。

从第三天的白天开始，凌飞就召集三陪女到店里来进行培训，想要好好改造她们。但这帮女人一个个哈欠连天，做事无精打采，凌飞只要一不盯着，她们就开始和教她们的歌手、服务员调情，或者想要偷偷溜掉。

这一切，让凌飞头疼不已。

但是，凌飞注意到，这些人当中，有一位学得非常认真，她认真的样子，甚至引来身旁姐妹们的嘲笑。

那个人凌飞认识，她就是那晚在休息室为他上药的瘦小女孩。原本凌飞都快要忘记她了，可现在，她却再度引起了凌飞的注意。

只是，光有一个人认真学习，是扭转不了整体风气的。

凌飞原本天真地以为，这些女孩应该多多少少都有些苦衷，没有人天生就愿意做这份职业。但现在看来，是他多虑了，有些女人还真就是自愿做这一行的，而且乐在其中。让她们转行，似乎就是断她们的财路，断人财路如杀人父母。

前两天的培训，她们顶多是偷懒，到了第三天，只来了三个人，除了那个瘦小女孩之外，另外两位叼着烟坐在一旁聊天。几名驻唱和服务员看起来也都没兴趣教了，坐在吧台后头猜拳。而那个瘦小女孩站在角落里，一脸茫然。

凌飞从休息室里出来看见这一情形的时候，简直要气炸了，但是，他却不得不克制自己，缓步来到那瘦小女孩身边，问：“怎么回事？你那些姐妹们呢？”

瘦小女孩摇了摇头，微微叹了口气，说：“大概不愿意来吧，她们一直都有点意见。”

凌飞一声冷笑，“也就是说，她们宁愿做鸡，都不愿意学本事了？”

瘦小女孩连忙说：“你也别那么说，每个人有每个人的活法，她们也有她们的苦衷，她们不学，我……我学……”

“还学个屁。”凌飞转过脸去，盯着在一旁聊天抽烟的两个女人，说，“你们就这样自甘堕落，是吗？”

那两人终于站了起来，其中一个年纪稍大的撩了撩头发，走上前来，手臂搭在凌飞肩膀上，眼光流转，有些暧昧地打量着他，忽然扑哧笑出来，说：“你也别这么说，小哥哥，你真是太嫩了，江湖真不是你这么混的，你这样看似为我们好，实际上是把我们往火坑里推，明白吗？”

“你什么意思？”凌飞怎么都想不明白，这怎么能算是把人往火坑里推？他明明是在救她们逃出樊笼。

“我的意思是，小哥，你真太小了。”那女的忽然一转身，手在凌飞两腿中间摸了一把，说，“啧，家伙倒不小。”

凌飞吓得连忙后退，大吼一声：“你干什么？！”

“哟，还是个雏吧？”那女人冷笑一声，说，“李总怎么会选一个这么嫩的来打理歌舞厅，难不成是为了给姐妹们发利是[①]？”

这话一出来，连那瘦小的女生也忍不住笑了起来，凌飞却十分窘迫，一脸不知所措。而他越是这样，那女人就越发放肆起来，又说：“小哥哥，如果你哪天想试试，姐姐绝对不收你钱，还倒贴你营养费。”

凌飞气得咬牙切齿，狠狠说道：“你说什么？你再说一遍！”

“发什么火，姐姐可是诚心诚意的，现在外面的人想和我睡一晚，价格可不便宜。”女人又点了一支烟，笑着说。

她身旁的另一人也开始搭腔：“那是，咱们春姐可是闪灵生意最好的……”

“住口！”凌飞再也不想听了，吼道，“你们如果愿意学，就留下，不愿意就滚蛋，我这里不需要出来卖的，要卖，上别处卖！”

那两个女人也被彻底激怒了，年纪稍长的把烟头扔在地上，狠狠踩灭，冷笑着说：“你以为你是谁，不是看在李总的面子上，你算什么东西？不就是转场吗？走就走，谁稀罕你这破地方了？”说完，转身离开。

另一人跟着那女人走出几步，回过头，啐了一口，也迅速出了歌舞厅。

第二十一章 白夜黑昼

废弃厂房里最难熬的并不是黑夜，而是白天。黑夜让石铁柱觉

① 利是：红包，又称“利市”“利事”。

得更有安全感，但到了白天，阳光仿佛无孔不入，有意把他暴露在众目睽睽之下。

而今天，他准备再去做一件事。他并不是去联系李晓虹拿钱，他改变计划了。

他在厂房的垃圾堆里捡到了一把废弃的榔头。这玩意儿应该还能用，拿在手里沉甸甸的。在捡到榔头的同时，他看见附近有一只正在晒太阳的野狗，那只狗很脏，浑身都是斑秃，身上还挂着蜱虫，看起来相当恶心。

石铁柱对那只狗来了兴趣，他走上前去，低声说："嘿嘿，大兄弟，你跟我还真像，都是又脏又臭，一身的虱子，只能杵在这垃圾堆里睡觉。"

那只狗显然听到了声音，但大概因为上了年纪，并没有起身逃离，而是慵懒地抬起头，看了他一眼，又默默地低下头去，闭上眼睛。

"嘿，大兄弟，你也是穷苦人家出生的吧？你以前有主人吗？"石铁柱又问道。

那只狗当然不会搭话，只是伸着舌头，闭着眼，喘着粗气。

"咱们穷人就是这样，就是这个命。"石铁柱说道，"咱们活着跟死人差不多。我估摸着，我这辈子吧，最扬眉吐气的时候，就是扎李子文那王八蛋那一刀的时候，真他妈解气，嘿嘿。"

他掂了掂手中的榔头，盯着那只老狗。老狗并没有意识到危险，甚至根本没想过眼前这个三角眼会对自己造成什么威胁。

"大兄弟，咱们有缘啊，不过，今天你既然看见我了，我也没法留你。"石铁柱突然出手，摁住那条老狗的脖子，把它整个身子强行摁在地上。那只狗终于意识到了危机，四条腿使劲踢蹬，但是，一切都已经晚了，它根本不是石铁柱的对手。

手起锤落，老狗在石铁柱面前脑浆迸裂，甚至来不及发出一声哀嚎，就一命呜呼了。

石铁柱慢慢站起身来，踹了一脚老狗的尸体，又看了看血迹斑斑的榔头，笑着说："哟呵，好使，这玩意儿好使。"他随便从旁边的垃圾堆里扯了一块破布，还有一张旧报纸，包裹好了榔头，收在怀里。

老狗的血喷溅在了他脏污的外套上，但他并不担心，那件衣服已经够脏了，再沾着什么东西，别人大概也看不出来。石铁柱环视四周，确定没有人看见自己，便心满意足地离开了废弃厂房。

这个时候是上午十点，太阳最亮的时刻，石铁柱不敢在马路上出没，也无心待在厂房里。他沿着废弃厂房外的小路，一直向更远的郊区走去，决定换个地方，再睡上一觉，以便晚上有充足的精神办事。

与此同时，李晓虹的专职司机小罗敲开了李晓虹办公室的门。

李晓虹几乎一夜没睡，简单洗漱之后，就不得不抖擞精神投入工作中。小罗的到来，让她有些诧异。

小罗已经干了三四年了，上司从一开始的李子文，到现在的李晓虹。他一直兢兢业业，从来没出过什么差错。但今天，他是来辞职的。

当小罗交上辞职申请的时候，李晓虹显然吃了一惊，低头很长时间后，才再度抬头看着小罗，问："想好了？"

小罗点了点头，说："想好了，我觉得我不大适合继续待在这里了。"

"因为，前天晚上……"李晓虹狐疑地看着小罗，问，"你怕了？"

小罗浑身一颤，他明白了李晓虹的意思。虽然他并不知道那天晚上上车来的是谁，但很清楚，一个敢直接用链条锁锁喉的人，绝对不是善茬，李晓虹敢和这种人接触，那她肯定也有不可告人的事。

作为一名司机，李子文是什么人，他比公司里其他任何一个人都了解，在他心中，李晓虹作为李子文的女儿，一定秉承了她父亲的手段。

他连忙说："您放心，李总，不是那件事，那件事我什么都不知道，也什么都没看到……我……我是身体不好，而且，我媳妇快要生了……"

"你走吧。"李晓虹叹了口气，直接打断他的解释，"去找财务，把这个月的工资领了。"

"真的？"小罗在进这间办公室之前，在门外踟蹰已久，他想到了无数种可能性，甚至幻想房间里的这个李总会直接杀了他灭口。可是，李总却什么都没做，只是简简单单地放他离开。这样反而让他觉得不安起来。

"走吧。"李晓虹又确定地回答了两个字，就不再说话了。

小罗赶紧点了点头，说："谢谢，李总，我真的非常感谢你，我……"

之后小罗还说了什么，李晓虹已经听不清了，她沉浸在自己的思绪中，心中胶着、不安。

第二十二章　革命的失败

凌飞从来不打女人，他觉得打女人是失败者的懦弱行为，如果不是有这一层原则束缚，他已经冲出去揍那两个三陪女了。

凌飞强忍着愤怒，点了支烟，低着头大口大口地吸了起来。过了一会儿，他忽然发现，那个瘦小的女生还没有走，而且来到他身边，低声说："哥，你就别生气了。"

凌飞没说话，依然低着头，但他的心里感到一丝淡淡的温暖。这种温暖很熟悉，曾经，他只在一个人的身上感受过，只可惜，那个人现在是不可能和他见面了。

歌舞厅里的几名服务员和驻唱歌手大概是觉得有些尴尬，纷纷上前来，战战兢兢地对凌飞说："哥，没什么事我们就先走了，晚上我们一定按时上班。"

凌飞没有回答，只是轻轻地挥了挥手。

那几个人离开之后，歌舞厅里更加安静了。由于白天不营业，歌舞厅的格局是四面都不透光的，唯一透光的地方还拉上了帘子，除了头顶那几盏灯之外，这地方异常昏暗。凌飞也刻意把自己藏在阴影里，像是有些害怕女孩看见他颓败的样子。

过了很长时间，女孩终于打破了沉默，说："哥，你一直都没问过我叫什么名字吧……"

凌飞依然没说话，口中吐出一缕浓烈的烟雾。

"我知道你可能没兴趣，不过我看你这样，心里也不是滋味，毕竟我俩是老乡……”女孩说，“他们都叫我细细粒，因为我个子小。我还挺喜欢这个名字的，和《古惑仔》里面那个女孩子一样。”

“那个女孩子，结局不太好。”凌飞终于开口了，淡淡地说。

细细粒一愣，说：“结局？怎么了？后面还有吗？我看到浩南哥成堂主了……”

凌飞又不说话了，他不想和女孩说电影里那位细细粒的结局。母亲凌小梅入狱之前从一个熟识的港商手里弄到了一套《古惑仔》的原著漫画，凌飞特别喜欢，本来他一直放在床头的柜子上，爱不释手，每天睡前必看。但现在，他也不在乎了，那些所谓的“龙头、元帅、堂主、红棍”，现在想来是多么幼稚。

“好吧，你既然不喜欢这个名字，我告诉你我的真名吧，我叫徐琳玲。”女孩说。

“你喜欢叫什么就叫什么，我无所谓。”凌飞掐灭了烟头，说，“早点回去吧，我一个人静一静。”

徐琳玲似乎有些迟疑，但最后还是站起身来，离开了歌舞厅。

歌舞厅里只剩下凌飞一个人了。他长长地出了口气，锁了门，仰头靠在沙发上，黑暗中，他觉得自己无比失败。上一回这么强烈的挫败感，还是陈婉秋因为他而被侵犯的时候。

如果说眼下的这一切，对凌飞是一次沉重打击的话，那么晚上发生的一切，就是雪上加霜。

凌飞迷迷糊糊地在歌舞厅里待到下午六点多，才感觉情况有些不对劲。他按时开了店门，如果是往常，外头应该已经有人在等待了，可今天却一个人也没有。他一直等到七点，别说顾客了，就连服务员、驻唱歌手都没有到场。

凌飞只觉得脊背阵阵发凉，赶紧拿出名册，回到吧台后给那些人打电话。最初的几个人还好言好语地向他请假，虽然听起来都是借口，但凌飞也无力去戳破。

总而言之，今晚所有的驻唱歌手和服务员都不可能到场了。他们走的时候还信誓旦旦地说晚上一定来，转过脸来就放了凌飞鸽子。凌飞无力地坐在吧台后，像一个犯了错的孩子一般，垂着头，失魂落魄。

不知道什么时候，却还是有人走进了厅内，小心翼翼地来到他旁边，轻轻碰了碰他的肩膀。

凌飞猛地一惊，抬起头来，竟看见了徐琳玲的脸。与此同时，一盒还冒着热气的外卖递到了他面前，徐琳玲小心翼翼地说："哥，你一直待在这里吧？我知道你可能没吃饭，特意给你带的。"

凌飞没有胃口，却不由得又感到一阵温暖。

这个时候的凌飞似乎非常容易被感动，就如同人在黑暗中，会对光芒更加敏感一般。他一直觉得自己也算是个铁石心肠的人了，从前陈婉秋那样对他，他心里都很少泛起一丝波澜来，可今天却有些不同。

"趁热吃吧，这家的烧鸭饭我吃过好几次了，味道不错的。"徐琳玲说。

凌飞咬了咬牙，问："多少钱，我还你。"

徐琳玲却连忙摆了摆手，说："我们是老乡，谈不上这些的，你快吃点吧，别嫌我脏……"

第二十三章　月下恶魔

司机小罗的家在老城区的加工厂宿舍单元楼里，这套房子还是他父亲留给他的。父亲是加工厂的老职工了，退休之后就回了乡下，这房子只有他和他妻子住。老城区不临海，屋子内部面积狭小逼仄，但好歹是个安身之所。

虽然给李子文当了三年司机，但小罗依然很穷。他不曾说出李子文一条秘密，也不曾要过李子文一分钱封口费。李子文和他似乎有一种特别的默契，对他有着绝对的信任，而老实本分的小罗也确实当得起这份信任。

他家住在三楼，楼道里的声控灯今天又坏了两个，让整个环境变得阴暗无比。窗外的月光不算太亮，有种暧昧的气息随着夜里的海雾氤氲漂浮。

这一切让小罗感到莫名的不安，今晚似乎是要出什么事。

他晃了晃脑袋，竭力让自己镇定下来，不要有这种奇怪的想法。妻子已经怀孕六个月了，很快他就要当爸爸了，这也是为什么那天受到生命威胁之后，他选择了辞职。要是换了以前，他可以再支撑一阵子的，可现在不一样了。

终于到了家门前，他迅速地掏出了钥匙，打开防盗门，又打开了里面的木门。这老式防盗门十分结实，让他感到一阵心安。

客厅里的灯亮着，厨房里飘来饭菜的香气，小罗顿时感到一阵难以言喻的温暖。可如何跟妻子说自己辞职的事情，他还没想好。

正当他踏入客厅，准备回身关门时，突然之间，一只手从门外的黑暗中伸进来，死死地抵在防盗门边缘，与此同时，小罗闻到了一股浓重的腥臭气味。

他猛然一惊，厉声问："谁？！"

外面的人没有回答，而是用力把门推开。以小罗的臂力，完全不是外头那人的对手，他整个人差点儿摔倒在地上。

那个满身脏污、三角眼、只有一只耳朵的男人，提着带着黑红色血迹的榔头，从容走了进来。

"你……你要干什么……"小罗吓得连连后退。

石铁柱嘴角一撇，说："甭怪我，怪你自己，听了不该听的，看了不该看的。"说完，手里的榔头狠狠挥了出去。

顿时，鲜血飞溅，小罗翻身倒地，发出一声闷响。石铁柱立刻骑在他身上，摁住他的上半身，压住他的双腿，再次举起榔头。

这个时候，小罗已经奄奄一息。要知道，常年从事体力劳动的石铁柱臂力极强，为了避免小罗报警，坏了他跟李晓虹的交易，他自然没有分毫手下留情的意思。

就在第二锤即将落下的片刻，突然，他听到一声尖叫。石铁柱猛地抬起头，却见一名孕妇站在厨房门前，眼睁睁看着客厅里血腥的一幕。她由于怀孕而略显发福的脸上，此刻一片煞白，她呆愣在原地，眼看着就要昏厥过去，却还是张着嘴，想要说什么，却根本说不出来。刚才那一声叫喊，已经耗尽了她的勇气和力量。

而此刻，石铁柱竟也呆住了，举起的榔头迟迟没有落下去。

他不认识这个女人，却做出了一个惊人的举动。他站起来，喘着粗气，哑着嗓子，问道："你是他老婆？你怀上娃娃了？"

女人哪里有力气回答，惊吓不止让她无法呼吸，还让她腹痛难忍，不得不捂着膨胀的肚子一点点靠墙坐下去。

石铁柱盯着那女人，开始一步步后退，说："赶紧打120吧，告诉你，见了别人，别他妈乱说，否则，我……我他妈……"最后一句话他并没有说完，而是骂了句粗口，就直接转身逃离。

他也不知道自己下楼后跑了多久，经过了两三个街区，才慢慢停下来，坐在一根电线杆旁边休息。

他仰着头，看着朦胧的月光，过了好一会儿，忽然感到一阵莫名的恐慌。这么多天以来，他还是第一次觉得这样恐惧。他意识到自己犯了一个不可饶恕的错误，而且连他自己也无法解释，为什么会做出这样的选择来。

"靠，老子得回去！"想到这里，石铁柱重新站了起来，开始往回走。

当他走到加工厂宿舍附近的时候，看见几辆警车从面前开过，转弯进了加工厂宿舍大院的正门。

第二十四章 交 锋

陈学武穿过长长的走廊，径直走向尽头那间最大的办公室。通运公司是滨海市最大的一家货运物流公司，没想到办公楼却如此朴素。

走廊上路过的员工见一个穿着制服的家伙迎面走来，纷纷侧目，交头接耳，每个人的表情不同，但陈学武在不少人的眼中读到了一丝恐惧。

敲开办公室的门之后，他见到了李晓虹。李晓虹的面容有些憔悴，但依然镇定而礼貌地接待了他。

陈学武根据罗云飞妻子对凶手长相的描述，基本确定是石铁柱。同时通过对凤来公司的调查发现，凤来与通运的业务关系比较紧密。他觉得石铁柱应该是掌握了什么资料，并在逃走后企图要挟李晓虹。不过这只是他的猜测，他今天来通运就是想试探一下。

陈学武坐在李晓虹对面，观察到桌上的烟灰缸里有五六个烟头。他吸了吸鼻子，闻到办公室里也有很浓重的烟味，于是看似无意地问道："李总很年轻啊，女孩子家，也会抽烟？"

李晓虹点了点头，微笑着说："是个坏毛病，但是现在很难改。"

"您父亲走了，您接手公司压力一定很大吧。"

李晓虹没说话。

"当下最要紧的，还是早点抓到杀害您父亲的最后一名凶手，也好让他的在天之灵安息。"陈学武又说，"今天我来，就是为了进一步确认几条线索，早日捉到凶手。"

"您说吧。"李晓虹依然保持微笑。

陈学武开门见山，问道："你们与一家港资公司，凤来汽车零件加工公司之间有业务往来吗？"

"有，但不多。"李晓虹站起来，来到一旁的文件柜前，镇定地把柜子打开，纤细的手指划过文件夹侧边的年份标签，很快就把近两年的文件夹都拿了出来，礼貌地递到陈学武面前，说，“这是近两年的所有业务往来记录，这些我们都会定期做好汇总的。”

陈学武点了点头，接过文件夹翻开，里头那一排排详尽的表格叫他叹为观止。他也不是第一次调查类似的大公司，但业务报表做得这么详细清晰的，他还是第一次见到。他不由得说道：“李总，你和你父亲做事真是认真、有条理，这么详细的资料，我还是第一次看到。”

李晓虹笑着说：“还是详细一些好，这样不容易作假，把什么都摆在阳光下，大家都安心。”

“是啊，如果所有的公司都像通运这样，那我们工作也就轻松了。”陈学武笑着说。

两人嘴上虽然客套，但都各怀心事。

陈学武大概看了看那份资料，他也知道，这种摆在台面上的资料，应该查不出什么来。于是，他又笑着说：“说实话，昨天，我们也去了一趟凤来公司，那边的说法呢，和你差不多，记录也差不多。”

他顿了顿，神情一变，严肃道：“但根据我们掌握的资料，情况却没那么简单。”

李晓虹显然一怔，顿感心跳加速。

陈学武继续说：“这些天，我们一直在追捕逃犯石铁柱，就在三天前，我们发现了他近期的藏身之处。继而，在他的藏身处发现了一些与贵公司相关的资料，上面的部分记录和李总所说的，确实不大相同。”

李晓虹当然不知道对方是在套话，她心里开始担忧了，难道说，那样东西真的被警察发现了？这可是她最担心的一点。

不过，李晓虹很快就稳定了情绪，说："不知道有些什么不同的地方，我接手通运以来，已经彻查过这里的所有记录和账目，大大小小的交易，就算记不住，应该也都了解过。我们和凤来的关系的确很浅，如果你不提，我还真不一定想得起来。"

陈学武笑了笑，说："我觉得，李总刚刚接手公司不久，恐怕的确对通运不是太了解，有些事，还是需要您继续去发现，毕竟您比我们更了解您家的公司。"

陈学武的目的很单纯，敲山震虎。他的首要任务是抓到石铁柱，至于通运怎么样，其实他兴趣并不大。当然，如果真连带着查出了问题，他也不会姑息。

对方避开了自己的疑问，这让李晓虹大胆了几分。她猜测，陈学武应该没有切实的证据，否则也不必拐弯抹角。于是，她笑着说："这个我们一定会加紧自查。不过话说回来，石铁柱不过是我们公司从前的一个基层员工，他手上是不可能有什么核心资料的，我觉得你们拿到的相关物证，也需要再重新考虑考虑。"

"是啊，您说得也没错。但话说回来，正因为他只是个基层员工，我们才更觉得奇怪，他手里，怎么会有那么核心的账目呢？"陈学武说，"你们俩，真没见过面吗？"

"没有啊，我怎么可能见过他？"李晓虹赶忙回答。

一开始还客客气气的陈学武这突如其来的一句问话，简直让李晓虹措手不及。李晓虹看着那双盯住自己的眼睛，还有那张棱角分明的脸，竟感觉有一丝恐惧。他到底知道了些什么？

第二十五章　10 万元现金

陈学武并没有再继续发问，而是把昨天夜里罗云飞遇袭一事说了一遍，接着，慢悠悠地说："罗云飞原本是您的司机，为什么石铁柱会找上他？根据我们了解的情况，石铁柱的目标很明确，他并没有抢劫任何财物，而且也没有袭击罗云飞的妻子，可以肯定他是有目的性的。"

李晓虹微微低着头，不动声色，但心早已经是怦怦直跳。她着实没有想到，这个石铁柱竟如此心狠手辣，罗云飞只是那天在车上见过他一次，他就要痛下杀手。

她也痛恨这个人，恨不得他早日被绳之以法，可是，她也深知，现在还不是时候。她必须先拿到那样东西。

陈学武见李晓虹不回答，自顾自地站起身来，说："李总，您忙吧，不过今天我对您说的这些情况，麻烦您自己好好想想，如果想起什么来，可以随时跟我联系。"

说完，他留下写着他办公室电话的纸条，微笑着出了办公室。

这个时候，陈学武胸有成竹。他觉得他离真相已经很近了，李晓虹的反应，已经能够证明很多事。这个小姑娘还是太嫩了。

陈学武淡淡地笑了笑，径直穿过办公室外的走廊，向正门走去。此时迎面走来一名拿着地拖和水桶的清洁工，这名清洁工穿着工作服，戴着帽子，微低着头，帽檐也扣得很低，就像是在认真找寻地上的硬币似的。

清洁工和陈学武擦肩而过，走出几步之后，陈学武忽然停住了脚步，回头看着那人的背影。此刻，那人正在办公室附近的卫生间门口打扫，一点点向里挪去。这一刻，陈学武忽然有一种奇怪的感觉，他觉得这个清洁工有问题，却不知道问题出在哪里。

这只是一种直觉，就如同老猎人对猎物的敏锐嗅觉一般。他转过身，向那人走去，可还没走到一半，腰间忽然发出一阵蛐蛐叫的声音。那是寻呼机的声音。寻呼机又叫 BP 机，2007 年电信就已经全面终止了寻呼机的业务。但是，在 1997 年年末，这依然是主要的通信联络工具。

陈学武看着汉显 BP 机上显示局长让他赶快回去，说有重要工作布置。

眼前的清洁工已经进了卫生间，而且还是女厕，陈学武轻轻摇了摇头，只当是自己神经过敏，随即转身离开。

就在陈学武的背影在走廊上消失的一刻，那名清洁工出了卫生间，缓步来到走廊尽头，把清洁用具放在墙角，转过身，来到李晓虹的办公室门前，轻轻叩响了门。

不到半分钟，门开了。

“你有什么事……”李晓虹这个时候依旧惊魂未定，并没有第一眼认出眼前这名清洁工的身份。而她话未说完，清洁工已经径直推开门，闪身进了办公室，紧接着反手关上门。李晓虹惊得退了几步，立刻到了办公桌后头。

清洁工抬起头，阴森地一笑，一对三角眼闪着饿狼一般的光芒，说：“10 万块钱，拿来。”

“你……你怎么敢来这里，你知不知道，刑警队的队长刚刚走！”李晓虹厉声说。

“少废话，他没看见我。”石铁柱哑着嗓子说，“10 万块钱，准备好没有？”

李晓虹无奈，只能咬了咬牙，说：“准备好了，在保险柜里，你拿可以，回答我两件事。”

“说。”石铁柱在沙发上坐下来，点了支烟，默默地抽着，也不看李晓虹。

“你为什么杀小罗？你知不知道城南分局已经查到那儿了！”李晓虹说，“你简直是找死。”

“那个司机是吧，没死，一锤子打不死他。”石铁柱淡淡地说。在他眼里，人的生命仿佛与猫狗的没什么区别。

“你……”李晓虹差点问出一句“你为什么不直接杀了他，再杀了他老婆，让他们永远闭嘴”。但最终，这句话她没有问出来。她的良知不允许她说这种话，虽然客观来说，那也许是最好的结果，但是，即便是设想一下，李晓虹也觉得不应该。

“算了，第一件事，账簿呢？”李晓虹终于问出她最想问的话。

石铁柱咳嗽一声，直接把烟头在木质沙发的扶手上掐灭，还朝地上吐了口痰，说：“今天忘记带了。”

李晓虹怒不可遏，紧紧握拳，却依旧尽量保持语气平静，说：“你没带东西，就来这里要钱，你这是做交易的态度吗？”

“我不懂你们这些富人，我没什么文化，也不知道啥交易不交易的。”石铁柱挠了挠脏污的头，说，“我就知道，账簿在我手里头，你要不给钱，我立马就会让警察逮住，到时候，账簿就到了警察手里头……”

“你……”

“所以赶紧给我钱。”石铁柱一脸无赖的笑容。

李晓虹彻底无奈了，来到一边，伸手转动保险柜的密码锁。

第二十六章　青春，又一场擦肩而过

这段时间，陈婉秋几乎每天放学之后，都会搭公交车回到滨海南路的那条巷子里。

父亲每天晚上都在执行任务，几乎不管她。实际上，陈学武执行任务勘察现场的地方也在滨海南路，和那条巷子、和陈婉秋相隔不超过一千米。但是这些天的夜里，他们从来没有碰到过。

陈婉秋用自己的零花钱给凌飞家的门换了锁。她很执拗、很天真地认为，她必须每晚都来，否则凌飞就没法进家门了。这幼稚的想法让她自己都觉得可笑，可她却依旧坚持着。

她每晚都要把凌飞家里里外外打扫一遍，可今晚她打扫得格外认真，因为她知道，或许今天，是她最后一次进这间屋子了。

陈学武接到了跨市调动的命令。

陈学武是滨海分局一名优秀的刑警，而且还是副支队长，更重要的是，此刻的他正在着手调查“6·10”凶杀案，此时忽然跨市调动，怎么说都是不合理的。

在公安系统内部，跨市调动本就有着一套较为严格的审批制度，调动方和接收方组织部都必须通气，这次决定这么突然，让陈学武始料未及。他在市局办公室据理力争，但领导说得非常明确：没商量。

原因是香港回归之际，南方沿海地区面临着非常严峻的考验，香港流入内地的犯罪分子、团伙、黑社会，趁机谋取不法利益的投机分子，北方来的淘金者，甚至还有乞丐、偷渡客、小混混，所有的一切，仿佛一夜之间全都跳到了台面上，要在时代大潮下你方唱罢我登场。正因如此，邻市的警力严重不足，急需陈学武这样的破案人才。

局长说这次是平级调动，主要还是他在之前的严打行动中有违纪行为，让他不要有情绪，还是要认真对待工作，争取早日升职。

接到这个命令的当晚，陈学武在家整整喝了一斤半的烧酒，酩酊大醉，躺在床上一反常态地疯狂骂脏话，什么“扑街”“蛋散[①]”“冚家富贵[②]”之类的。那些话都是陈婉秋从来没听父亲说过的。

而陈婉秋则躲在房间里默默流泪，泪滴晕开了作业本上的字迹。这一回，是彻底地离开了。凌飞和她，或许是真的无缘再见了。上天残忍，连道别的机会都没有给他们，她甚至不知道凌飞到底在什么地方。

说来可笑，闪灵歌舞厅就在南滨路，离小巷不足千米，李晓虹把凌飞安排到这里，也是考虑到离他住处较近。可是凌飞从未回去过，他只觉得无脸再回到那个地方。

---

① 蛋散：粤语中骂人的话，形容人懦弱无能，废柴。
② 冚家富贵：粤语中咒人的话。

每天晚上，凌飞和陈婉秋隔着几百米的距离，竟从未见过一面。

陈婉秋把房子打扫得纤尘不染，从前，也只有凌小梅能做到这么细致。扫完之后，陈婉秋已经浑身是汗，腰酸背疼。时间已经是夜里 11 点，陈婉秋知道，她得回家了，明天，或者后天，她就要随父亲搬到邻市去。

在这所学校才待了不到两个月，又要再次转学，陈婉秋只觉得好笑。

她出了房门，小心翼翼地锁上了门，看着手中的钥匙，心头不由得一紧。这钥匙，她应该交给谁？她又能交给谁？

想了很久，她把钥匙放在凌飞家门口的花盆里。花盆里的花已经干枯，土也无人打理，硬得像石头，但这些已经不重要了。

陈婉秋头也不回地走了，她并不知道，如果她晚走一会儿，或许就能见到凌飞。只是仿佛他们俩注定无缘。

世事无常，青春，就是一场擦肩而过。

第二十七章　醉

凌飞回到滨海南路那条小巷巷口的时候，已经有些走不稳了。他喝了不少酒，扶着他的徐琳玲也喝了不少酒，但是，她却没有醉，依然口齿清晰，只是脸颊微热。

对于徐琳玲这种人来说，喝酒可以说是必修课，相对而言，凌飞就差远了。

这段时间，徐琳玲给了凌飞足够的关心，在没有人支持凌飞的时候，她第一个站出来；凌飞落魄的时候，只有她陪着凌飞，不离不弃；凌飞颓废的时候，她一直在凌飞身边，照顾他的饮食起居。而且她话很少，就这么一直默默地陪着凌飞，也不打扰他，他要什么，就给他什么。凌飞也一直冷着脸，默默地接受，连一句谢谢也没有。

只是今晚，喝多了的凌飞，话也变得多了起来。

徐琳玲从未见过如此话多的凌飞，连凌飞自己也不知道今晚的他怎么了，他只知道，自己憋得太久了，需要找个人倾诉。原本自己都突破不了的心理防线，却被酒精蚕食殆尽。

他絮絮叨叨得像一个老太婆，想到什么就说什么。他问徐琳玲为什么要这样对自己，又问她到底做这一行多久了，是不是经历过数不清的男人。

徐琳玲对他的醉话完全不以为意，只是扶着他，陪着他走，陪着他笑，陪着他东倒西歪。最后凌飞提出，不想待在空空荡荡的、没有客人的闪灵歌舞厅里了，他想回家看看。徐琳玲立刻同意，说一切都听凌飞的。

他虽然喝多了，却没有忘记回家的路。虽然这么些天，他一直不愿意回来。

走进巷子里，凌飞大着舌头，介绍周边的人家："这里是细佬谢的家，这里是肥西的家，这里是原先吴楚的家，这里是……"

他一面往前走，一面絮叨着一些往事，可是，当他的手指向陈婉秋家的时候，忽然顿住了脚步，一双迷离醉眼看着三楼的窗户。那窗户的窗帘拉着，看不见里头的情况，不知怎么的，凌飞只觉得心里一沉，手竟有些发抖。

“你怎么了？哥，没事吧？”善于察言观色的徐琳玲立刻看出了凌飞不对劲，问道。

凌飞却晃了晃脑袋，说：“没，没事儿，回家吧。”

“这是谁的家啊？”徐琳玲还是忍不住，小心翼翼地问。

谁知，凌飞却向前跨了两步，摇晃着身子，扯着嗓门喊：“我他妈……说回家，听到没？你管……管他是谁的家……不是我的，就对了……”

徐琳玲不敢再问，只得赶紧跟着凌飞来到家门前。

凌飞掏出钥匙，半天才插入锁孔，又拧了好一会儿，那扇门仍旧纹丝不动。徐琳玲见状，以为是凌飞喝醉了酒，手上没力气，就帮着他拧了几下，依然没有用。徐琳玲摸了摸那门锁，说：“你这锁新换的啊，你是不是拿错钥匙了？”

“我没换过……”凌飞说着，整张脸凑到那锁上头，几乎要贴上去。他眯着眼，看了好一会儿，忽然发出“嚯”的一声大喊，往后退了几步，大声说：“谁，谁他妈换了我家的锁！？谁，给老子站出来！”

这几声大吼，把楼上的声控灯都吼亮了。

徐琳玲赶紧拽住凌飞，说：“哎，别，别生气啦，哥，这大半夜的，进不去就算啦，去我那里吧。”说着，拉着凌飞就走。

凌飞一直走到巷子口，还在回头叫骂：“谁，谁换了我的锁，别让老子逮到你，逮到你，打死你，老子是太子飞……”

第二十八章　夜色迷离

清晨的第一缕阳光，正好洒在凌飞的脸上。

这个房间很小，几乎只够容纳一张床、一个衣柜，连吃饭的桌子，也是用床头柜来代替的。床头柜上还堆满了各式各样的化妆品。不过，这个房间采光不错，由于离海很近，加上不远处的大楼还未建好，一眼望出去，显得极其开阔。

窗帘是徐琳玲拉开的。凌飞慢慢从床上爬起来，由于宿醉，依然有些昏昏沉沉，迷离的双眼首先看见的，是徐琳玲雪白的躯体。

徐琳玲一丝不挂地站在窗前，背对着窗户，笑嘻嘻地看着他。她的皮肤很白净，但身材很瘦，身体透着一种特别的稚嫩，像个没长大的孩子。

起初，凌飞还有些迷糊，以为自己在做梦，但很快他反应过来，脑子里闪现过昨晚迷醉之际的场景。那种触感是真实的。

他忘了自己是怎么进来的，也忘了自己说了些什么，只记得进门之后的他，浑身被汗水湿透了，半梦半醒地躺在床上。徐琳玲帮他宽衣解带，用毛巾轻轻擦拭他的身体。那天以一敌十留下的伤口还没好透，徐琳玲怜爱地抚摸着他。

房间里昏暗的灯光让他迷醉，让他看不清眼前的到底是谁。他忘了一切，却没有忘记那时的感觉，他感觉自己看见的并不是徐琳玲，而是一个遥不可及的人，他不知道那个人在哪里，却依然忍不住去想。

那时，昏昏沉沉的凌飞根本不知道接下来会发生什么。直到突破禁忌的那一刻，他原本空白的大脑才有了那么一丝理智。但那一丝理智并不能支撑他离开这本不该属于他的身体，只让他感觉到莫名的愧疚。因为他拥抱的和脑子里想到的，竟不是同一个人。

可笑的是，他竟在怀里这个女人的身上明白了一件事：他爱上了陈婉秋！

这算什么呢？

徐琳玲并不会知道这一切，阳光打在她光滑的脊背上，暖暖的。她心情很好，以至于根本没有看出凌飞这一刻的窘迫。

“你醒了呀？”她笑着问凌飞。

凌飞木讷地点了点头，明知故问道：“你，你怎么不穿衣服？”

“你不也没穿吗？”徐琳玲笑着说，“你还问我，昨晚你自己干了什么坏事，你还不清楚吗？”

凌飞摸了摸发胀的额头，下一秒，做出一个极其荒唐的举动。

枕头边，他的衣服好好地叠放着，显然是徐琳玲叠好的。他迅速抖开自己的牛仔裤，从口袋里头摸出钱包，抽出三张百元大钞来。这一段时间，他拿到了工资，稍有积蓄，一直未敢乱花。他把三张百元大钞递给徐琳玲。

原本笑嘻嘻的徐琳玲，笑容僵在脸上，一动不动地呆立在原地。紧接着，泪水不住地从她眼眶中滚落下来。

“你觉得我特别贱是不是？”徐琳玲一面哭，一面冷笑着说，“我早该知道，你根本就看不起我，你从来没把我当人看。”

她实在不理解，昨晚对自己几乎可以说推心置腹的男人，为什么会这样对待自己。自从来到南方沿海之后，她已经不把自己当人看了，这三天给了她重新做人的错觉，她觉得凌飞瞧得起她，还在尽力帮她。但错觉终归是错觉，终究要被狠狠地打碎，只留下狠狠的讽刺。

她忘不掉昨晚凌飞酒醉后靠在她怀里，说着他从前的“光辉事迹”；也忘不掉凌飞抚着她的头发，说谢谢她，说只有她懂他；更忘不掉他们甚至谈到理想，他说他以后要正正经经地开一家店，饭店也好，卡拉 OK 厅也好，一定是正正经经的，没有任何不干净的生意，而她还说一定会去帮他打理。

虽然只有短短三天，可徐琳玲已经天真地幻想到了一辈子。看到凌飞递过来的钱，她才知道自己有多可笑。

凌飞看着徐琳玲，似乎感觉到了自己所作所为的不妥，赶紧说：“不，我不是那个意思，我是想说……”

“滚！”徐琳玲很少说重话，尤其是对待凌飞，更是哪怕一句反驳都不曾有过，但现在的她已经忍无可忍。

“不是，我……”

“我让你滚！”徐琳玲厉声说。

凌飞急忙起身穿好衣裤，转身就要出门，徐琳玲却在他身后再次厉声说：“把钱给我留下！”

凌飞一怔，慢慢转过脸来，有些迷茫地看着徐琳玲。

徐琳玲颤抖着说：“我这里一概不赊账，五百块钱，一个子儿都不能少！”

徐琳玲很清楚她平时是什么价格，绝对达不到五百块钱，然而此刻，既然已经饱受践踏，那至少用金钱找回一点自尊。

凌飞没说话，小心翼翼地拿出钱包，把所有的现金都掏出来，递了过去。徐琳玲伸手，狠狠一把打掉他手中的钱，纸币飘飞一地，两块、五块、十块，还有那三张百元大钞。

凌飞一愣，接着，退了两步，低声说了句“对不起”，便开门离去。

凌飞关门的瞬间，徐琳玲彻底崩溃，放声大哭起来。她不知道自己哭了多久，等她感到自己的泪几乎流干了之后，便拖着疲惫的身躯，开始小心翼翼地收拾地上的纸币，一张张地收拾，一边收拾，一边数着。

整整五百六十元，这真不是一个小数目。看着手中的一叠钱，她忽然露出一个痴痴的笑容来，这一刻，她竟有种莫名的踏实感。

第二十九章 忠 诚

司机小罗醒了，而且恢复得不错。那一锤子虽然看上去猛烈，但并没有给他造成致命的伤害。

李晓虹在知道这个消息的时候，心里有一丝欣慰，却也带着莫大的担忧和恐惧。她相信小罗的忠诚，但她并不确定，一个经历了生死劫的人，还会不会不惜一切代价地帮自己保守秘密。更何况，他的遇险，自己也应承担责任。

陈学武走后，新调来的案件负责人对小罗遇袭的案子也非常重视，抽调警力在医院对他实施非常严密的保护。但让警方倍感失望的是，小罗自醒来之后，就几乎没有说过一句和案件有关的话。

他精神很正常，能吃能喝，在病床上还时常反过来安慰他的妻子，说没有关系，一切都已经过去了。但当警方对他例行询问的时候，他就强调说自己那天晚上什么都没来得及看清，更不知道那个袭击者是什么来头。警方不信，狐疑地多问两句，他就说自己头疼，抱怨警察办案不够人性化，反复摧残一个病人。

也就是因为这样，警方自他醒来到他出院，都没有得到任何有用的线索。他们只好暂时放弃对小罗的询问，另谋他法。

小罗回家后的第三天，发现自己的工资存折上忽然多了两万块钱。一向聪明的他当然知道这钱是哪儿来的。他几乎没有做任何思考，就把钱取了出来，立刻赶去了通运公司。

他直接去了李晓虹的办公室，进门之后二话没说，把两叠百元大钞放在了李晓虹面前，说："李总，你要是不放心我，怎么不当时直接把我灭口算了。"

李晓虹被一向唯唯诺诺，此刻却气势汹汹的小罗给吓着了，但依然竭力保持不动声色，说："小罗，你想多了，这是给你的营养补助，毕竟是老员工了，又受了这么重的伤，公司总得做些什么才说得过去。"

"公司要做什么，送花、送果篮、送牛奶，我都可以接受，我既然已经不是公司员工了，又拿了最后一整月的工资，我和公司就没有任何关系了，你没必要这么做。"

李晓虹叹了口气，又说："那就当是我个人给你的钱，作为朋友感谢你的帮忙，也感谢你对公司的付出。"

“好。”小罗笑了笑，从那一叠钱中抽了一张，说，“我生病，作为朋友，李总要表示，那就给我一百块钱利是吧。”说完，他转身就要离开。李晓虹站了起来，叫住了他，但小罗却扭头，说：“李总，你如果还是信不过我，干脆弄死我好了。”

一时间李晓虹有些哭笑不得，竟不知道该说些什么。

小罗又说：“你放心，我一个字都不会说，这不仅仅是为了帮你，或者帮通运。”

“那你的意思是……”李晓虹愕然问道。

“他那一锤子，反而把我给砸醒了，您知道吗？李总。”

李晓虹没说话，蹙眉看着小罗。

“我做了这么久的司机，通运的老板是什么样的人，我比谁都清楚，所以我相信你们。”小罗顿了顿，又说，“老李总死得冤。”说完，他推门离开。

李晓虹坐在原处，一动不动。她深知，自己从未向司机提过一句石铁柱的身份，但小罗却留下这么一句话。这家伙，显然是把这一切猜了个八九不离十，至少也是从警方那里得到消息了。可是，李子文真的冤枉吗？李晓虹苦笑一声。

如果不是有那本账簿，事情就不会到今天这个地步。而那个账簿的主人，不就是这位“冤死”的李子文吗？

李晓虹只感到有些愤怒，作为女儿，她只知道父亲有这么一本账簿，却从来没有看过。她还记得有那么一回，她在父亲的书房里，因为好奇，差点儿翻看过那个本子，却被向来温文尔雅的父亲厉声呵斥。

那其中到底是什么，即便是不看，她也心知肚明。更何况，李子文被杀，浑身什么东西都没少，唯独账簿被偷，罪犯还以此作为要挟，这亦能证明上面内容的特殊性。

如果这还不能让李晓虹完全确定自己的判断，那警方从账簿的残页上查到了凤来港资公司，就让李晓虹彻底惊慌了起来。

她不知道通运的水到底有多深，她查不出来，也不敢大动干戈地调查，但她清楚地知道一点，她那温文儒雅的父亲，绝对是一个可怕的人。如果他真像表面上表现得那么正派、温和，那么自己就不会有凌飞这么个弟弟。

“凌飞……”李晓虹仰着头，喃喃说，“他也应该吃够苦头了吧？”

她心里忽然有了一个莫名的想法，她想见见凌飞，甚至想把凌飞拉到自己身边来工作。她不知道这算不算是血缘关系上的一种特殊依赖。

她本该恨凌飞的，凌飞明明是一个私生子，而且这些年如果不是父亲一直资助凌小梅，被母亲发现，母亲也不会和他离婚，完整的家庭也不会破碎。她的母亲跟父亲离婚后，就再也没有来看过她。她不明白，是父亲伤害了母亲，自己也是受害者，母亲怎么就能那么狠心抛下自己呢？

可是，她偏偏对凌飞恨不起来，甚至本能地感觉，这世界上，她只剩下凌飞这么一个可以信任的亲人了。那小子淳朴、善良，有着一种近乎迂腐的正义感。

正这么想着，忽然又有人敲门，李晓虹站起身来，缓缓来到门前，扭动门把手。门外站着一个邋遢、不修边幅的少年，看上去受了不小的打击，双目之中充满了迷茫，甚至还有几分怯懦，尤其是在看见李晓虹的片刻，他竟然往后退了两步。原本的骄傲在这一刻消失殆尽，有的只是犯了错的孩子一般的惊慌失措。

李晓虹知道他会来，却没想到这么巧，竟在她正想起他的一刻就出现在眼前。

“你进来吧，有话我们慢慢说。”李晓虹微笑着说。

第三十章　1997 年，“古惑仔”的时代结束了

到凌飞踏入李晓虹办公室这一刻，1997 年已经过去了大半。

对于凌飞来说，他的 1997 年已经结束了。这一年，他遭遇了太多的变故和挫折，经历了希望与绝望的并存，承受了太多与年龄不相称的压力。

当然，不仅仅是凌飞，对于很多人来说，1997 年都是值得铭记的一年。

这一年，那位伟大的老人终究没有等到他最牵挂的香港回归祖国就撒手人寰，而沿海地区却踩在他的肩上飞速发展起来。

这一年，沿海的“古惑仔”势力奋力冒头，天真地以为他们能成为历史的主宰，却最终被打压下去。警方殚精竭虑，只为了时代洪流下的社会不至于混乱不堪、人心惶惶。

这一年，刚刚回归的港人怀着希望与迷茫并存的心态，依旧朝

九晚五，过着快节奏的生活。

这一年，新一批南下的打工者、创业者，已经没有了当初捞金的想法，为的只是谋求一条生存的出路。南方人和北方人的界限开始逐渐变得模糊。

这一年，唯独茶餐厅里安逸的阿公、阿婆们，依然可以围坐在一起，泡着茶水、吃着点心，从早晨八点开始，一直聊到傍晚。

石铁杆再次消失了，没人知道他去了哪里。

陈婉秋和陈学武离开了，邻市离滨海并不远，但对于陈婉秋来说，却仿佛隔了千山万水，她不知道自己什么时候才能再回去。

吴枫通过父亲吴楚的关系，已经在本市某武警部队报到。他对未来没有太多打算，也没有太多迷茫。

肥西已经不叫肥西了，他讨厌这个外号，因为这个外号让他想起了和凌飞在一起的那段岁月。他在码头打工，工友们大多是北方人，都叫他胖子峰，即便是当地人，在这里也会说几句普通话。

细佬谢现在跟着父亲走街串巷，坑蒙拐骗。他时常还能听见街头的小混混们谈起凌飞，关于凌飞的故事，已经从故事变成了谣言，谣言又传为了神话。当细佬谢听到凌飞在闪灵歌舞厅“以一敌百”的时候，他丝毫没有怀疑传言的真实性，只是一面冷笑，一面默默地赞叹，太子飞还是太子飞，其他不说，就是能打。接着，他会猛吸一口手中一块多钱一包的香烟，神情复杂。

只有凌飞自己知道，这一段时间他到底经历了些什么。这所有的经历，已经磨掉了他几乎全部的自信，如果不是醉酒，他已经不敢高昂地呐喊“我是太子飞”了，他开始讨厌起这个名号来，他忽然觉得，这名号代表的并非威严，而是幼稚、可笑。

此刻，他坐在李晓虹对面，微微低着头，仿佛一个刚入学的腼腆男生，只是那张脸上少了几分本该有的稚嫩。

李晓虹保持着优雅的微笑，问：“你怎么了？蔫成这样，被谁欺负了？”

“虹姐，很多事我不说你也知道，我算是彻底失败了，你罚我吧，工资我可以都退给你，我花了的，我想办法赚了补给你。”说这话的时候，凌飞并没有底气，因为他完全不知道自己该去哪儿赚钱。

李晓虹却淡笑着说：“谁说要你补给我钱了？我也并不差你这几千块钱。”

“可是，歌舞厅……”凌飞依然低着头，声音细若蚊蚋。他从来没这样说过话。

“我从来都没怪你的意思，而且我也知道会是这样的结果。”李晓虹笑着说，“闪灵我会想办法盘出去，你别管了。”

“谢谢虹姐……”

李晓虹慢慢站起来，说：“小飞，别垂头丧气的了，跟姐出去走走，这里太闷。”

凌飞以为自己听错了，虹姐居然叫自己小飞，而且说跟姐出去走走。他本是来负荆请罪的，从未想过会受到这样的“礼遇”。但既然李晓虹开了口，凌飞就没有拒绝的理由，他立刻点点头，和李晓虹一起离开了办公室。

九月底，临近十一假期，这座城市的人依旧在奔波劳累。当时的国庆假期只是短短的两三天，有些地方甚至根本没有假期。

海边，海风已经有些凉了，阳光也没有了夏天的炽烈，变得柔和起来。风吹动李晓虹的发丝，凌飞偷偷看了她几眼，顿感这个女人有种说不出的成熟魅力。而这张脸，又有种陌生的熟悉感，这种感觉让凌飞有些困惑。

最终还是李晓虹打破了沉默，她望着此刻依然平静的海面，说："凌飞，你知道吗，这个地方原本就是一个小渔村，而且地处港湾，渔夫们都很穷，出海打鱼不仅要经受大风大浪，还时常无功而返。但是你看现在，经济发展了，这里的变化多大。"

凌飞不知道李晓虹为什么说这些。

李晓虹则伸手拍了拍凌飞的肩膀，说道："我说这个，是想告诉你，人的际遇也是一样，你永远不知道以后的自己会变成什么样，所以，一次失败不算什么。"

"我……我明白，只是，虹姐……"李晓虹越是这么对他，他越觉得不安，"我已经犯了那么多次错了，还顶撞你，你也帮了我那么多……我真觉得不好意思，对不起你……"

"你没必要不好意思，我们本就是一家人。"李晓虹淡淡地说。

凌飞猛地一怔。李晓虹的神情却依旧平静，微微扭头，说："我是李子文的亲生女儿。"这"亲生"两个字，她说得非常重。顿了顿，她又说，"你是我弟弟，你是李子文和凌小梅的儿子。"

凌飞彻底呆住了，这些天他也曾无数次猜想，但这些话从李晓虹嘴里说出来，还是让他感到震惊。

李晓虹却并没有继续解释下去的意思，转而说："你到通运来工作吧，我给你安排驾考。"

第三部分

相约，1998

此岸成了彼岸，彼岸并非天堂，此岸却遥不可及。

第一章　虎落平阳的"古惑仔"们

一辆夏利在滨海南路由东往西行驶，速度不快，在一处巷子口缓缓停下，车上下来一个瘦弱的男人，他走路一瘸一拐，手里紧紧地攥着一个破烂的钱包。

出租车驾驶座的车窗降下，司机探出头来，说："细佬谢，你行不行？要不要扶你回去？"

细佬谢摆了摆手，说："不用不用，还抵得住，就是……唉，老子的摊子，还有整车的凉茶……"

"你就别抱怨了。"司机笑着说，"当年我多犀利啊，现在还不是当你的司机？人啊，还是得学会低头，你说你和城管较什么劲，找死吗？"

细佬谢重重叹了口气，说："行了，靓仔杨，忙活吧，你这拉我一路，也没挣着钱。"

"我本来就不挣钱，不差这半个小时的。"靓仔杨笑着说，接着点了支烟，直接把车停在路边，慢慢抽了起来。

细佬谢满脸颓丧，转身要往巷子里走，还没进巷子，突然一个头发染得五颜六色的小矮个从边上飞快地冲过来，一把抓住细佬谢手里的钱包，猛地一拽。那速度太快，细佬谢完全始料未及，整个人向前扑倒下去。

他终究是太瘦了，加上一年前的那次重伤，体力比之前更差，根本不是这小矮个的对手，直直扑倒在地上。

靓仔杨看在眼里，猛地推开车门，一边追一边吼："老母，穷人的钱也抢？！"

然而那小矮个已经和他有不短的一段距离，他纵然腿长，也很难追上。后头的细佬谢更是一瘸一拐的，行动极慢。此刻他心里满是绝望，自从他父亲谢满江因为聚众赌博被拘留以来，这十来天的时间，都是他在打理凉茶摊子。因为没有钱开店铺，只能推着车沿街叫卖，这样，自然就容易惹上城管。

今天，他也不知道自己是不是脑子有毛病，居然跟城管理论了几句。城管倒也没揍他，只是掀了他的凉茶摊子。那可是吃饭的家伙，没了这个，他和他爸都得饿肚子。细佬谢一时气血上涌，抓起路边的板砖就冲了上去，却被一个膀大腰圆的城管队员一把掀翻在地上，腿撞在马路边的花坛护栏上，就成了现在这样。

此刻，他连这几天赚的最后一点钱都被人给抢了。老天还给人活路吗？

前头，靓仔杨追得很卖力。一年多以前的细佬谢怎么都不会想到今天的场景，更不会想到，帮他追劫匪的人会是靓仔杨。

1997 年香港回归前夕的严打，彻底改变了这帮小混混的人生，大部分人都进去蹲了一段时间，有的时间比较短，比如靓仔杨，只是由于寻衅滋事被抓了个现行，所以进去接受了一段时间的教育；有的则被判了刑，比如私藏管制枪械、非法经营的爆樽哥；还有一些更严重的，恐怕再也没有重新做人的机会了，比如那几个砍杀李子文的“陆漂”，石铁柱的同党。又比如，叉烧。

谁也没想到，叉烧这么一个卖肉的，有一天会被警察带走。就像是农贸市场的人多半都不会想到，他们私卖管制刀具的事情，有一天会被查个底朝天。

1998年元旦前后的几天，可以说是农贸市场“最黑暗”的一天，至少有十家商铺被查出来有私卖管制刀具的行为，而其中生意最大的就是叉烧。

叉烧自上回卖给凌飞卡簧没有出什么大事之后，就发现了商机。原本他也胆小，害怕出事，可现在他忽然觉得，这些小孩虽然没有分寸，但也掀不起什么大浪来，于是就试着扩大自己的生意范围。

然而纸是包不住火的，东窗事发的那天，叉烧见警察来抓人，本能地逃跑反抗，在推搡之间，无意中把一名警察推到了案板上，一把剔骨尖刀刚好划到了警察的脖子。

叉烧说自己是无意为之，菜场里的所有人一谈起这件事，也都相信叉烧绝对没胆子袭警。但是，事实就摆在那儿，再说什么都没有任何意义了。

经过这一番洗礼，滨海市大部分的“古惑仔”都洗心革面。他们中有的人回到了学校，有的人退学干起了正经营生，有的人则只能终日待在高墙之内，望着四角形的一隅天空了。

靓仔杨离小矮个越来越近，可就在这时候，那小子忽然转过身，站定脚步，从袖子里甩出一把卡簧来。

靓仔杨也定住了脚步，说："丢[①]，现在的小孩都这么劲的吗？当街就敢掏刀子？"

小矮个抬手指着靓仔杨，说："别他妈过来，否则扎死你。"那口音一听就不是本地人。

"丢！"靓仔杨一伸中指，说，"哥当道友的时候，你还在吃奶呢！"说完就要往上冲。眼看就是一场恶战，细佬谢却一瘸一拐地跑上来，拉住靓仔杨的胳膊，说："没事，杨哥，别跟他一般见识，没多少钱，就当救济贫困了。"

"丢，救济贫困？你比他穷多了！"靓仔杨还要上前，身后不远处却传来一声大吼，"谁违章停车？！"

靓仔杨当即一愣，扭头看见两个穿制服的站在他那辆夏利旁边，准备抄单子。一时间，靓仔杨陷入进退两难的境地。

细佬谢叹了口气，说："你快去吧。别被抄单子了，那也是你吃饭的家伙。"

靓仔杨咬了咬牙，回头瞪了那小矮个一眼，转身离开。

小矮个自知细佬谢根本追不上他，冷笑一声，转身就跑。谁知就在这时，他的面前出现了一位背着单肩书包的少年。

第二章　少年的武林

单肩包少年顶多十五六岁，脸庞棱角分明，却又稚气未脱，一头

① 丢：粤语中骂人的话。

“陈浩南”式的长发，挂着一副大耳机。细佬谢远远看着那人，顿时产生了一种幻觉，他还以为，凌飞回来了。

少年把包往地上一扔，直直地朝那小矮个冲了过去。小矮个手里的卡簧还没收起来，对着少年就是一通乱划，谁知那少年身形轻盈，轻易躲过了小矮个的攻击，跳到了他的侧面，一记肘击，小矮个立刻趔趄着跌了出去。少年追上一步，一把拽住他的手腕，用力一拧，瞬间卡簧落地，一声惨呼，小矮个已经被少年摁在了地上。

细佬谢把一切看在眼里，不由得低声惊叹。这小子看来是练过真本事的人，即使是凌飞，打架也没他这样的套路，这一套下来可谓是行云流水。

细佬谢呆愣之间，少年已经抢回了钱包，来到细佬谢面前，说：“来，叔，给你。”

细佬谢一怔，半天才反应过来是在叫他，不由得一阵恼怒，说：“嘁，谁是你叔？”

少年也呆了半晌，仔细打量细佬谢一番，才笑着一拍自己的嘴巴，说：“哎哟，看我这眼神儿，哥。”

细佬谢叹了口气，拿着钱包转身就走。他并非不愿意说谢谢，只是那一声叔把他叫伤了。

自从重伤之后，细佬谢家的情况越来越糟，他爹谢满江也越来越不靠谱，起初只是酗酒、坑蒙拐骗，后来还染上了赌博。所以家中里里外外的事情，都是细佬谢一手支撑。他这个外形，的确要比实际年龄大得多，说已经三十多岁了都不为过。

他一路往家里走去，却发现那位少年竟一直跟着自己。细佬谢不由得转过脸来，问："你跟着我干吗？"

"啊？"少年如梦初醒，半晌，才看了看四周，说，"你也住这巷子啊？"

细佬谢皱了皱眉，心想，这条破巷子里已经有好几年没人搬进来住了，这个人难道是新来的邻居？于是点了点头。

那个少年兴奋起来，说："那你一定认识太子飞吧？我打听到，他就是住在这巷子里的。"

细佬谢一听到这句话，脸色突变，转身就走。

"哎，大哥！"那少年却又追上来，说，"你一定知道太子飞，他这么有名，又和你住得那么近，你就告诉我他住哪儿，我自己去找他！"

细佬谢冷冷地伸手一指，说："巷子尽头那个单元，一楼就是。"

少年惊喜地连连点头，立刻向前走去。

细佬谢站在原地，蹙眉呆了一会儿，忽然又抬头，说："哎，我问你。"

"什么？"少年回过头来，看着细佬谢。

"你找他干吗？"

"比武！"少年挥了挥拳头，稚嫩的脸上露出一丝得意的笑容来，"我知道他很能打，读初中的时候，就一直听到他的传闻。"

细佬谢顿觉一阵尴尬，摇了摇头，说："我跟你说，他现在在通运公司上班，很久没回来了。"接着就迅速离开，不再给那少年多问一句话的机会。

少年站在原地，沉思片刻之后，并没有去寻找凌飞的住所，而是直接出了巷子，拦了一辆出租车，上车之后问司机："你知道通运公司在哪儿吗？”

司机扭头看了看他，说：“外地来的？”

“不是，本地人。”少年笑了笑，说。

“听口音是啊。”司机发动了汽车，说，“刚毕业不久吧？去通运上班？”

“不，有事。”少年一脸憧憬的模样。

他还没毕业，但他早就不想读了，他觉得自己的梦想并不在此。但他绝不会想到，他梦想的生活放在现实里，最终只能演变成一个又一个的爆樽哥、细佬谢、靓仔杨。

就在他离开小巷子的同时，一个身材高大肥胖的男人疲惫地从楼道里走了出来，他晃了晃依然没有完全清醒的脑袋，带着上坟一般的心情，准备去码头卸货。

第三章　胖子峰

胖子峰平时很少说话，脸上总是挂着一种让人觉得不好接近的忧郁神情。

码头的工人们都知道他家境不好，也知道他之前是个“古惑仔”，但表面上还是对他客客气气。这里的工人大多是北方人，没有人再叫他肥西，即便是本地人，也多半不敢叫这个略有些低俗的外号。

实际上，背地里很多人都笑话胖子峰。笑话他，并不是因为他胖，成年人的嘲笑没有那么肤浅。他们笑话他，是因为他太过于实在了。

自来到码头，胖子峰一直勤勤恳恳、兢兢业业，从来没有半句怨言，也不敢偷懒磨洋工，他比他躺在病床上的父亲当初还要勤快。

主管时常夸他，甚至当着众人的面夸他，但是他始终拿着最低的薪酬，享受最基本的待遇，从来没受到过提拔和重用。相反，当这个时常被夸的家伙做错一点儿事的时候，却是被骂得最狠的一个。

胖子峰不是那种能忍气吞声的人，有那么几次，他差点儿想直接撂挑子不干了，但一想到躺在床上的父亲和依旧日夜奔波的母亲，就不得不收敛了从前的臭脾气。渐渐地，成了胖子峰以后的肥西越发沉默寡言，他早已经忘记那骂人五分钟不带重样的本事，嘴里也再听不到“戳鳖、王八蛋”之类的脏话，取而代之的是“收到、明白、好的”。

闲下来的时候，工友们不是凑在一起打牌，就是蹲在码头边看来往的行人，品评那些路过的女孩。这帮码头工人俨然成了一个个专家，仿佛那一双双毒辣的眼睛，能直接把路过的女孩的衣服一件件剥光似的。

而胖子峰却只是远远地坐着，抽着劣质香烟，拿着一叠报纸发呆。他几乎每天都省下钱来买一份早报，但始终看不进去。他并不是真的在看报纸，而是在看字。他一个字一个字地看，遇到某些笔画多的字，就停下来盯着反复看。无论看多少份报纸，他都始终记不清上面说的是什么。

旁边有工友经过的时候，总是嬉笑着说：“胖子峰，又学习呢？

天天看报纸，你说啥时候你能弄个市委书记当当？”

而他只是淡淡一笑，什么也不说。只有他自己知道，他之所以不停地看报纸，只是为了弥补心里那种特别的缺憾。现在的他竟开始怀念上学的日子了，因为只有退学之后他才知道，原来盯着书本和文字的日子是那么难能可贵。即便学不进东西，也可以什么都不想。另外，他觉得也只有拿着这些带字的报纸时才能自我安慰，自己和这些总在暗地里嘲笑他的工人们有那么一些区别。他本能地认为，自己是读过书的，是念过高中的，比这些没念过书的中年人要强。

而他曾经的兄弟凌飞同样爱看报纸，但凌飞看的是《金融时报》和《广东法制报》，偶尔会买一份晚报看看社会新闻。

凌飞已经在通运公司做了不短的一段时间了，自知道李晓虹是自己同父异母的姐姐之后，他对这个二十七八岁的年轻女人有了几分亲近感。虽说李晓虹总是强调自己是亲生的女儿，仿佛在强调自己的正统地位一般，但凌飞并不在意，他深知李晓虹对自己已经足够好了。

李晓虹安排他考了驾照，给了他在通运做一名运货员的实习机会。凌飞完成得不错，几个月的实习期过去，年仅十八岁的他成了通运最年轻的货运人员。在这样的正规公司里工作，住着条件不算差的员工宿舍，让他感到别样的心安。

虽然他身边也充斥着文化水平低下但经验丰富的老员工，总是倚老卖老看不起年轻人，但他从未与人发生过冲突，而且总是对其他人保持着足够的尊重。

他从未和任何人说过自己的身份，李晓虹也从未对他表现出一丝一毫的优待。但也偏偏是这样，让他感到更加踏实，因为如今他的每一分钱，都是自己凭着本事赚来的。

凌飞越来越习惯这种平静的生活，朝九晚五，别无他想。

第四章 重 逢

凌飞在公司里向来很卖力，而且乐于助人。很多长期从事驾驶工作的人腹部都容易长出赘肉，但这一年来，他的身材反而越来越结实，大概就得益于他的勤劳。

这天，凌飞刚跑完一单长途，从北边回来。他从货车上扯下一条略有些脏污的毛巾来，在脸上擦了擦汗。要换了以前，凌小梅是绝对不会让他用这样的毛巾擦脸的。接着，他点了支烟，靠在货车旁边默默地抽着，看着卸货的搬运工们在烈日下工作，时不时地，他也上前搭把手。

比起张峰，他显然要幸运得多。虽然由于过于年轻，难以服众，并没有一官半职，但由于他吃苦耐劳，再加上李晓虹的关系，他的工资比普通的运输队工人要高上一倍。这一年来，他很满足，很踏实，脸上总能挂着微笑。这种微笑，在从前是不多见的。

一支烟抽完，凌飞满足地吁了口气。工人们也快卸完货了，凌飞准备交车回公司。就在这时，他恍惚间看见一个人影，在卸货点的大门外静静地站着。那人看着他所在的方向，好像已经站了很久了。

凌飞伸手擦了擦眼睛，以为自己出现了幻觉。但眼前的身影没有消失，依然看着他，脸上挂着微笑。

这一年里，凌飞忘了自己曾多少次在梦里见过她。一年的时间里，他一直过得很快乐，却唯独在梦见她醒来后的早晨感到失落。

凌飞赶忙跑了过去，想要伸手去拉陈婉秋，然而陈婉秋的微笑却忽然僵住了，整个身子艰难地向后退了一步。这动作虽然细微，却让凌飞的心如坠冰窟。他呆立在原地，过了好一会儿，才尴尬地缩回手，说："你……你怎么来了？"

"我……"陈婉秋也意识到自己刺伤了对方，双手叠在一起置于身前，微微低着头，说，"我来看看。"

"看……我，我这儿挺脏的，都是货，看，看什么啊？"凌飞从不曾在陈婉秋面前窘迫过，他以为自己是个孤傲的人，这会儿却变得有些狼狈。

陈婉秋摇了摇头，说："我……我来看看你……你知道吗，我，快要高考了。"

"高考？"凌飞一愣，这个原本平常的词，竟让他觉得有些陌生。过了好一会儿，他才点了点头，说，"哦！对，高考，是啊，六月了，你一定能考个好成绩的……呵呵……"他挠了挠头。

"你，变了。"陈婉秋沉默了一会儿，忽然神情变得有些失落，连她自己也不知道，她为什么要失落。从前她总希望凌飞多看自己一眼，多和自己说两句话，可凌飞永远一副高高在上的态度，冰冷得像一块石头。现在凌飞变了，变得憨厚、踏实、随和，她却有些失望。

凌飞又笑了笑，这种笑容，是陈婉秋不曾见过的。他说：“我，没有啊，呵呵，可能晒黑了。我们找个地方，坐下来聊聊吧……”凌飞说着，伸手摸了摸脏污的工装裤，他摸到口袋里的钱包，此刻的他，的确有一些积蓄。

可陈婉秋却微笑着摇了摇头，说：“不用了，我还要回学校上课呢，你以后有时间，可以来学校找我……”她顿了顿，又说，“你放心，我爸在外地，我一个人住的。”

凌飞一愣，还没来得及多问一句，陈婉秋就转过身，快步离开。凌飞刚想拉住她，却再次缩回手，看着自己的手掌，默默地叹了口气，低声说：“我既然这么脏，你来看我做什么呢？”

第五章 挑战者

凌飞并不知道陈婉秋花了多大的勇气，才敢来见他一面。

陈学武依然在邻市的刑警队工作，而陈婉秋因为学籍的问题，必须回到滨海参加高考，因此才有了回来的机会。

她本不想再见他，却依旧心有不甘。对于陈婉秋来说，这个城市让她怀念，也让她害怕。她本能地不想依靠谁，却又害怕没有依靠，一个人生活。她已经习惯了孤独，却依然无法忍受孤独。

陈婉秋最后的选择是把一切都交给天意，她已经暗示过凌飞了，因此无须多说，只看他能否明白。

凌飞呆站在原地很长时间，才叹了口气，回到了车里，叼出一根烟来，轻车熟路地将货车入库后下车离开。这一刻，他有些心不在焉，烟叼在嘴上，没有点着，却大力吸了很久，才感觉不是滋味。

他向卸货点的门口走去，径直回总公司。来到通运公司门口的时候，他却看见一群人堵在公司大门前吵吵闹闹的，不知道发生了什么。如今的凌飞已经是个不爱惹事的人了，他无心看热闹，自顾自地向台阶上走去，可还没走几步，身后就有人喊了一句："凌飞来了！"

此时，人群中一个并不高大但却非常壮实的身影突然冲了出来，几个箭步跨上台阶，睥睨着凌飞，冷声说："你就是太子飞吗？"

凌飞愣住了，低头看了看自己带着脏污和汗臭味的工装，微笑着说："你找谁啊？"他心里忽然有种莫名的悸动，已经很久没人这么喊他了。

那个名号对于他来说，并不代表荣耀，反而代表一段不堪回首的往事。但偏偏又是这个名号，让他莫名地泛起对过去的追忆来，竟有些心潮涌动。

"你到底是不是太子飞？"那少年不耐烦地问，他心里有些失望，眼前的这个人根本不像他想象中的太子飞。他认为，太子飞就算不像"陈浩南"，至少也应该是"山鸡哥"的那副样子，可面前的这个人和那些蹲在路边吃盒饭的工人没有什么区别。

"我叫凌飞。"凌飞不愿承认，但也不愿反驳。

身后那一群看热闹的人已经围了上来，有人开始起哄，让凌飞一时有些丈二和尚摸不着头脑。

那少年挑着眉毛，说："听说你在本市打遍天下无敌手，潮州佬手底下一百多个兄弟打你一个都被你放倒了。"

凌飞差点儿笑出声来，上前一步拍了拍少年的肩膀，说："你电影看多了，你说的那是孙悟空，不是我……"说完，他与少年擦肩而过，继续向台阶上走去。

可谁知道，他刚走出两步，就被人猛地一拽，整个人失去了平衡，脚下一崴，直接从台阶上滚落下去。

台阶不高，但凌飞也被摔得不轻，身后有两名工友上前来扶起了凌飞，指着那少年骂道："小东西你疯啦？！干吗无缘无故出手打人？这里可是通运公司的大门口，不是你家！"

少年却像是根本没有听见，盯着凌飞，厉声说："你是不是看不起我？"

凌飞被莫名其妙地一摔，也十分恼火，他拍了拍身上的尘土，揉了揉被摔疼的关节处，抬头问："你到底要干什么？"

"我要和你比武！"少年稚嫩的脸上，带着严肃的神情，似乎下定了决心。

凌飞干咳一声，说："神经病，回学校好好读书吧。"

可那少年却从台阶上快步冲下来，凌飞和身边的两名工友吓了一跳，往后连退了好几步。

少年站在台阶下的水泥地上，双手一展，居然摆了一个架势，说："太子飞，今天我必须和你比试比试，你看不起我，我就打到你看得起我为止！"

凌飞越发哭笑不得，面前这个孩子，看起来比自己小至少三四岁。正值青春期的孩子多半都有些不切实际的幻想，而且他们初生牛犊不怕虎，一旦有条件，就会不计后果地付诸行动。

凌飞仿佛看到了当年的自己。十三岁那年，他还不懂什么是“古惑仔”，却敢带着肥西和细佬谢把高中混混头子的自行车胎扎破，把车锁在树干上。当那家伙带人来找麻烦的时候，凌飞拿着一根尖锐的带刺的树杈，冲进人群里，横冲直撞。那时候的他，也不懂什么叫害怕。而如今的他，却深知“古惑仔”要付出怎样的代价。因此，他开始变得不理解，不理解这些明明有着美满家庭、养尊处优的孩子们，为什么还前赴后继地做混混。

1997年严打之后，混混团伙在沿海覆灭绝迹，却并不代表“古惑仔”文化的彻底消亡，只是“古惑仔”变得更加边缘化。但即便如此，依然有相当一部分青少年拥趸，以此为时尚、潮流。

面前的少年认真的表情让凌飞想笑、想哭，也无比害怕。他忽然觉得，自己有必要教训教训这孩子，让他知道疼。

第六章　付出代价

凌飞叹了口气，摇了摇头，说：“你来吧。”

这话一出来，凌飞身边的两名工友赶紧退开，其他看热闹的也往后头撤了不少，好像生怕高手比武时，真气会震伤自己似的。

那少年顿时兴奋起来，开始腾挪移步，一招一式看起来相当专业，神情更是认真。旁边不少围观者都屏住了呼吸，要知道这样的热闹可是很难看到的，对于他们来说，这比街头打架可有意思多了。

可谁知，还没等那少年近身出招，凌飞就径直走上前去，一撩工装，从身后抽出一把扳手来，照着少年的手臂就挥了过去。

那少年顿时吓傻了，连忙收手躲闪，凌飞顺势一脚朝少年胸口踹过去，直接把他踹翻在地上。旁边看热闹的纷纷开始起哄。

这一脚踹得不轻，那少年在地上翻滚了好一会儿才慢慢爬起来，喘着粗气，怒声说：“你，你要赖……”

凌飞摇了摇头，说：“街头打架有跟你摆造型的吗？”说完，冷冷地离开。少年想要追上去，但终究慢了一步，凌飞已经转身进了大楼的电梯间。

楼下看热闹的以为能看一场真实的街头比武，谁知道却这么不了了之了，很快人群就散了。那少年捂着胸口，垂头丧气地从人群中间穿过，只感觉每一缕投射在自己身上的目光都带着嘲讽。

凌飞每次跑长途回来都会去李晓虹那里说一声，算是报个平安。今天还看见了陈婉秋，他在想自己应该做点什么，很快就把刚才跟他约架的少年忘得干净。

李晓虹的心情很糟，源于她一早接到的电话，电话那头传来的是一个熟悉而又令她感到恐惧的声音。那个人并没有对李晓虹说任何废话，而是直截了当地告知她，他需要 30 万元，而且让她三天之内把钱准备到位，否则就会带着账簿出现在公安局大厅内。

李晓虹气得把电话摔在了桌子上。她忽然发觉自己无比幼稚，居然会相信那个贪得无厌的杀人犯拿到 10 万块钱后就会善罢甘休。

这次与上回一样，石铁柱没有提供交易的地址，却要求她赶紧凑钱，不得延误。

凌飞进了李晓虹的办公室后，简单说了下这次跑长途的事，然后又开口说："姐……呃，我想跟您请个假。"

"请假？"李晓虹愣了一下，把手中正喝着的水杯放了下来，"请多久？"

"三天。"凌飞说，"我有一个老同学，最近刚回市区，可能待不了多久就要走，我想陪陪她。"

"为了陪同学？"李晓虹一瞪眼，看着凌飞，说，"你是不是觉得通运对你太宽容了？"

凌飞一怔，他没想到自己简单的要求会让李晓虹发脾气。这一年以来，李晓虹几乎没有对他发过火。

李晓虹刚说完，也意识到了自己语气不妥。早上那通电话让她心情烦躁。她深吸了一口气，沉默了片刻，才说："这次我准你假，以后希望你编一个好点儿的理由。"说完，李晓虹摆了摆手，让凌飞离开。

凌飞战战兢兢地点了点头，转过身，刚走到门口，李晓虹又说："你等等，我问你一件事。"

凌飞背上微微冒着冷汗，他觉得今天的李晓虹和以往不大一样，这让他很不自在。

李晓虹说："我记得你跟我提过，你来找我之前，曾经被一个刑警收留，那个刑警的名字叫……陈……"

"陈学武。"凌飞回答。

"对，陈学武。"李晓虹皱了皱眉，问，"你跟他还有联系吗？"

凌飞摇了摇头，如实说："没有什么联系了，不过……这次我要去见的那个老朋友，就是他女儿，我们从小一起长大，所以……"

“等等，你是说，陈学武的女儿回来本市了吗？”李晓虹感到一阵莫名的心虚。当初陈学武被调离本市刑警队的事，她是知道的，也是自那时候起，李子文被害的案子被搁置了下来，那个叫石铁柱的畜生也随之销声匿迹。此刻，李晓虹有一种前所未有的危机感，如果陈学武的女儿回来了，那么陈学武是否也已经调回本市了？她不知道，也很难打听。

短时间的沉思之后，李晓虹又说：“你去吧，如果方便，帮我问问能不能联系上陈学武，我们公司可能要请他帮帮忙。”

“哎……我……我试试吧。”凌飞点了点头，但心里却没底，他并不确认陈叔叔是否还愿意见他。

第七章　逝去的少年时光

请假去见陈婉秋的决定，是凌飞临时起意的，他不仅仅决定去见陈婉秋，还准备做另外两件事。

第一件事是回家。那屋子和他在同一个城市，他却很久都没有回去过。他不知道那地方是不是早已经被蛇虫鼠蚁盘踞。

第二件事是探监。这一年来，他一直在努力破除自己心中的阴影，但他破除阴影的方式是逃避，而不是面对。他从未去探视过自己的母亲，甚至不知道她何时被宣判，又要在监狱里待多久。

他并不知道，在他回家之前，陈婉秋已经回去过一次。但陈婉秋失望地发现，那扇门似乎从未被打开过，门口留下的钥匙也早已经随着那几个破烂的旧花盆一起不见踪影，不知道是被哪里的拾荒者收走的。

之后，陈婉秋还找到了张峰，打听凌飞的去向。张峰虽然记恨凌飞，但还是告诉陈婉秋，凌飞供职于通运公司。也正是张峰的线索，让陈婉秋看到了最后一丝希望。她有些懊恼，懊恼自己为什么一年前没有想到来向他打听。

凌飞回到小巷子里的那天，正值午后。夏日的午后，阳光依然炽热，但是这巷子里却还是有种莫名的阴冷，离这条巷子不远处的滨海南路老城区已经拆了一大半。

城市的发展太过迅速，让人跟不上节奏。

据说这些拆迁的地段，很快就会被高架桥覆盖，新的柏油马路会横亘整个老城区，直通沿海，甚至会有一座大桥把这里和海的那一面连在一起。施工地段机器轰鸣，工人们大声喊着号子或是扯着嗓门聊天。凌飞清晰地听见，他们并没有用粤语，而是用的普通话。凌飞猜想，这是第二次南下打工潮带来的劳动力。

有人说他们是国企改革的牺牲品，也有人说是改革让他们的人生有了更多的可能性。这个中滋味，大概是如人饮水，冷暖自知了。只是有一点可以肯定，这一批人似乎比当年一腔热血南下的打工青年们更成熟，更有目标性，也少了那种浑浑噩噩的迷茫感。

向自己曾经的家走去的路上，凌飞忽然想起了一年前他回到这里的那个晚上和那天陪着他的那个人。那个人大概已经被他伤透了心了。凌飞百感交集，只感觉鼻子泛酸。

家的大门依然紧闭着，一年前新换的锁已经有些锈迹。凌飞退后两步，一个冲刺，狠狠踹在那扇门上，门锁纹丝不动，但门框年久失修，经不起这样的冲击，迅速出现了裂痕，凌飞上前猛地一推，那扇门就被轻易打开。

凌飞感觉到头顶有一缕灰尘落下，房间里传来扑鼻的霉味。他本能地去摸门口的电灯，按了半天才想起来，这地方一年没人交电费，早已经断电了。

凌飞摸着黑，小心翼翼地来到床边，拉开窗帘，一缕阳光照射进了客厅，眼前的一切，轮廓逐渐变得明晰起来，他看在眼里，忽然觉得这一切有些不对。

他依稀记得自己离开时这里是什么样子，而现在，虽然房间里依旧带着浓重的陈腐之气，但是所有的一切都像是被精心收拾过一般，原本破旧的窗户被人修葺过，脏污的窗纱被人擦拭过，满地的烟头和空饮料瓶都已经不见了。不用猜凌飞就知道，这一切是谁做的。

他想起一年前的那个晚上，他就在这个门外，穷困潦倒，酩酊大醉，和另外一个女孩纠缠拥抱。如果那个时候，他能稍稍再冲动一些，直接撞开这扇门，或是清醒一点，撬开这门锁，他都绝不会跟那个女孩回家，也绝不会一次伤了两个女孩的心。

过去的已经不能弥补，但至少未来，他还有机会。

凌飞顾不得关门，反身冲了出去，一路向前飞奔。他想赶去学校，可讽刺的是，他发现自己已经快忘记去学校的路了，周围的楼房、街道，一切的一切都发生了巨大的变化，可是置身于这座城市中的他，一直逃避着过往的他却没有注意到。

他一面走，一面问，绕过好几条陌生的街道，才来到曾经的母校。这个时候，正值中午放学的当口。他发现学校换了新的保安，还做了新的校门。年轻的保安站在学校门前，认真地检查进出学生的校园卡。那保安眼神锐利，皱着眉，像一个职业的卫士，完全不似那个老态龙钟、伛偻身躯，陪伴了他好几年的看门大爷。

凌飞知道自己没法混进校园里去，而且他发现，现在的他竟也没有了混进去的勇气。看着那些穿着校服的学生，他忽然生出一种前所未有的卑微感。

这一刻，没有人认识他，他也没在来往人群中看见任何一张熟面孔。他从旁边一辆车的车窗里看见了自己，发现自己的脸看起来竟比这些朝气蓬勃的学生老那么多！他们明明都是十八九岁的年纪，却活在两个不同的世界里。

第八章　大侠与江湖

就在凌飞踟蹰于学校门前的同时，李晓虹接到了一个电话，这个电话并不是来自那位隐匿于黑暗之中的野兽的，但让李晓虹心烦的程度却绝不亚于前者。

来电话的人叫孙鹏，是一名地产商人。如果换了以前，李晓虹根本不会多搭理孙鹏这样的商人。在她看来，孙鹏不过是个新时代的“倒爷”。

1998 年以前，国家依旧在实行福利分房制度，房地产商难有作为，大发横财者甚少，他们的主要经营项目集中在别墅、商用房等高档楼盘之中。这些楼盘，普通市民无法企及，但却是有钱人资本的象征，很多楼盘还在图纸上就已经被炒得热火朝天，几易其主。每每听到这样做生意的方式，一般的正经商人也只会翻白眼。

但 1998 年之后，情况发生了质的变化。1998 年是中国房地产业的分水岭，随着福利分房制度逐步货币化，房地产商们迎来了他们的春天。北上广深等一线城市的房价，也在这一年开始攀升。

这位孙鹏，显然是受益者之一。好几次聚会上，他多灌了二两黄汤，眼花耳热之时，都会举起酒杯，大剌剌地用并不标准的闽式普通话说："感谢国家，我孙鹏，终于也算个人了。"

而今天他打电话来找李晓虹，谈的却不是生意，而是私事。他告诉李晓虹，他们的员工把自己的儿子给打了。

孙鹏是雷州人，早年在海南长大，谁也不知道他是怎么"渡海"跑到本市来，并在这里娶妻生子的，但在孩子十岁那年，他和妻子离婚，勾搭上了本地一名女大学生。同年，女大学生去参加了一场同学会，在卡拉 OK 厅里，当一首《同桌的你》响起时，她心潮澎湃，一时激动，和当年的老同学私奔了。

说起这件事，孙鹏至今耿耿于怀，虽然旁人都宽慰他说，太年轻的人靠不住，一时冲动在所难免，但他却始终不那么认为。因为女大学生私奔的当晚，挎包里正巧装了他的一本存折。

孙鹏的儿子由于父母离婚，受了不小的打击，本就性格叛逆的他，过早地进入了青春期，开始幻想起了社会、江湖。他留起了"陈浩南"式的头发，一边揣着租书屋里顺来的盗版金庸、古龙所著的武侠小说，一边走街串巷，找人比武。

1996 年，十二岁的孙鹏之子孙星，从一群被揍得缠绷带、吊膀子的小混混口中，听说了传奇人物太子飞。

1997 年，十三岁的孙星辍学在街上闲逛，到处找人单挑，被一个操着潮汕口音的老流氓狠揍了一顿。心灰意冷之际，他又听说，这潮汕佬带着一百来号小弟找太子飞麻烦，被太子飞打得满地找牙。从那时起，太子飞成了他心中的偶像和努力的目标。

三个月后，孙星在孙鹏的威逼下返回校园。然而短暂的校园生活并没有磨灭他当一名“江湖游侠”的梦想，很快，他重返江湖，“锄强扶弱”、打抱不平。直到那天，他终于在通运公司门外遇见了他的偶像，也终于如愿以偿地和偶像交了手，只是，这次交手令他“江湖梦碎”。

孙星其实没受什么严重的伤，他虽然只是个初中生，年仅十四岁，但在社会上摸爬滚打多年，早已经被打皮实了。而打架老手凌飞下手也很有分寸，那一脚让他半天喘不过气来，却并未伤其根本。但精神上的创伤远胜于肉体，孙星回家之后，把自己锁在屋子里，茶饭不思。得知事情原委的孙鹏便找上了李晓虹。

孙鹏其实也知道，这件事纯粹是自己不争气的儿子找死，他也深知自己的儿子根本没吃什么大亏，但还是想借机给通运找点麻烦，顺便到李晓虹这里讹点儿钱。

他并不在乎钱，房地产的良好前景让他认定自己的未来无限光明，他要争的是个面子。他永远记得这些本地企业家们对自己的不屑，这种不屑并不源于一个眼神、一个动作、一件事，而源于他内心滋生的强烈自卑感。以前你们不把我当人看，现在我便处处与你们为难。

孙鹏在电话里把自己儿子的伤势夸大了数倍，原本就被石铁柱那恶魔纠缠的李晓虹心烦意乱，气不打一处来，冷声问对方："你到底要多少钱，直接说个数。"

听了这句话的孙鹏，却像是得了宝贝一般，抑制不住得意的语气，说："嘿嘿，你这是承认员工打人的事儿了？李总，你知道，我也不缺那几个钱，只不过，自己儿子无缘无故让人打了，我总不能不闻不问。"

"你想怎么样吧。"李晓虹感觉得到对方在给自己下套，但她无心多问，冷声回答。

电话那边，孙鹏说："这样吧，咱们以后生意场上还要见面，我也不想伤了和气，就不多要了，两万块钱医药费、营养费，这是肯定要的。不过还有一个条件。"

"说。"李晓虹深吸了一口气，努力压制着怒火。

"请您和打人者，跟我们去医院走一趟，做个全面检查，不过分吧？"孙鹏说。

第九章　仲夏夜

凌飞并不知道自己摊上事儿了，他在曾经的母校门口坐立不安。他想见到那个人，却又害怕见到，从烈日当头到太阳落山，他把自己藏在小卖部附近的角落里，看着人来人往，搜寻着熟悉的身影。

高三是有晚自习的，凌飞并不知道，他对学生时代的记忆已经有些模糊了。

晚上七点多，学校大门处已经变得寂静无比，天也渐渐黑了下来，凌飞有些失落，叹了口气，转身准备离开。然而，正当他步入林荫道的时候，忽然听见了一声呼唤。

“凌飞！”

凌飞身子一颤，站在原地。过了好一会儿，他才慢慢回过头来，面前的身影依然熟悉。

陈婉秋走上前来，却在距离凌飞一米的地方停下脚步，声音微微发颤地问：“你，你等我等了多久了？”

凌飞挠了挠头，说：“也，没多久……你，你吃饭了没有？”

“我吃过了。”

凌飞觉得有些尴尬，嗫嚅片刻，又说：“那，你要回家吗？”

陈婉秋笑了笑，说：“你现在说话怎么和以前不一样了？是啊，我要回家，不想上晚自习了，离高考还有不到一个月，一直待在教室里也没有什么意义。”

凌飞点了点头，说：“是，是，你成绩一直那么好，在哪里学习都是一样。”

接着，凌飞仿佛是花费了很大的勇气，说：“我……我送你回家吧……”说这句话的时候，他双眼看向一边，几乎不敢直视陈婉秋的眼睛。

陈婉秋却摇了摇头，说：“我还不想回去，你陪我走走吧……反正，家里也没人。”

“没人？陈叔叔呢？”凌飞问。

陈婉秋叹了口气，继续往前走去。凌飞跟在陈婉秋侧后方，和她保持着几步的距离，因为他发现，只要他稍稍靠近陈婉秋，她就会露出很不自在的表情来。

一路上，陈婉秋诉说着这一年来发生的一切。凌飞只觉得心里堵得慌，仿佛这一年来自己的轻松和平静都是脆弱的假象。逃避所带来的快乐，终不能长久。

走了很长一段路后，陈婉秋忽然问凌飞：“你呢？那天你走后，去了哪里？”

凌飞没有说话，他还沉浸在痛苦之中，陈婉秋的诉说让他越发自责，越发看不起自己。

陈婉秋见他不回答，又说：“我倒是听到不少传闻，听说你混得还不错。”

凌飞尴尬地干咳了一声，笑着挠了挠头，说：“你看我像混得不错的样子吗？外面的人瞎说，怎么能信呢？尤其是那些‘古惑仔’，吹牛都成习惯了。”

“你现在也看不起‘古惑仔’了吗？当初你自己不也是吗？”陈婉秋又笑着说。

凌飞摆了摆手，有些窘迫地说：“别说了，别说了，我宁愿当年像你一样，当个好学生，也不至于现在累死累活，隔三差五地跑十几个小时长途，连请三天的假期，都还要挨一顿训斥。”

“可你想过没有，如果你没有那段经历，你还是你吗？”陈婉秋说。

这一次，凌飞没有回答，这个问题，他找不到答案。他故意岔开话题，问："你不是要高考了吗？你准备去哪里上大学？"

"我想去北方。"陈婉秋低声说。

"北方？为什么？"凌飞心里一沉，说，"那么多人都从北方跑来南方打工，你怎么还想着往北方跑呢？你要去北京吗？"

"不，不去北京。"陈婉秋摇了摇头，说，"你不懂，我觉得，他们来南边，不是因为南边有多好，只是因为南边他们没来过而已。"

凌飞本已经猜到，这次见面很可能只是陈婉秋离开之前的告别，但依旧不免失落。失去不可怕，可怕的是短暂的得到后，是长久的遗失。凌飞本想开口劝她几句，可是刚要说什么，忽然，林荫道中居然有几个穿着破旧牛仔裤和宽敞上衣的男孩迎面走了过来。凭着对这类人的了解，凌飞一眼就看出他们是干什么的。

陈婉秋见了对面那帮人，往后退了一步，她满脸惊恐，身子有些发颤。

那几个人迅速围了上来，看样子十分擅长在夜间抓学校附近或是街角落单的学生。他们看起来年纪也不大，甚至比凌飞和陈婉秋要小，但手里却拿着仿佛象征着强权的卡簧，脸上带着玩世不恭的笑容。

"哟呵，同学不上课，跑到林荫道里来干吗？打 kiss 吗？"为首的那小子一脸猥琐的笑容，打量着陈婉秋。

陈婉秋感觉自己几乎要窒息，那表情和笑容把她带入不堪的回忆之中。

凌飞二话没说，把陈婉秋拽到自己身后，他注意到在拉扯陈婉秋的一刻，她显然在抗拒。但他顾不得那么多，挡在陈婉秋面前，冷冷地盯着那几个小混混，说：“你们真行，现在的小孩，胆子越来越大了，我们那会儿最多抢抢初中生，你们连高中生也不放过？”

“丢，装乜[①]大佬！”为首那人显然没什么耐心，凌飞话音还在，他已经冲了上来。凌飞伸手摸出插在背后衣服下头的扳手就是一挥，这扳手他一直随身带着，下班也习惯性放在身边。

趁着为首的混混退了两步，凌飞照着另外一人脸上就是一拳。这一拳下去，那人甚至来不及惨叫，只管捂着鼻子拼命地后退。凌飞看准时机，拉着陈婉秋转身就跑。

第十章 我不想回家了

也不知道跑了多久，凌飞才松开陈婉秋的手，放慢脚步。来到路灯下他才发现，身后的陈婉秋脸色十分难看，不停地喘着粗气。

陈婉秋惊魂未定地看着凌飞，她已经忘了自己有多久没接触过异性了，平时，哪怕是在人群里与异性有一点点身体触碰，她都觉得一阵莫名的不适。

“你没事吧？”凌飞低声试探着问。

陈婉秋深吸了一口气，过了很久，才慢慢摇了摇头。她只是在逞强而已，这个时候的她，状态已经差到了极点。

“别……别怕，我会保护你。”凌飞在陈婉秋面前总是嘴笨，从前

① 乜：粤语中表示“什么”的意思。

他还能用一副无情的样子掩饰过去，可现在他连掩饰的技巧都忘了，也就只剩下了笨拙。

陈婉秋捂着腹部，好一会儿，才慢慢直起身子来，似乎稳定住了情绪，说："要是换了过去，你可不会跑的。"

凌飞愣了几秒，忽然笑了出来，说："不，你错了，如果换了过去，和你在一起，我也一样要跑。"

陈婉秋皱了皱眉，问："为什么？"

"嗨，呵呵……"凌飞笑着摸了摸后脑勺。

陈婉秋看出他不好意思回答，便没再多问。她忽然发现这个问题有些愚蠢。

"我送你回去吧，回家就没事了。"凌飞又说。

陈婉秋却摇了摇头，说："我不回家。"

"你还要逛？"凌飞问，"现在街面上不安全，尤其晚上。刚才你也看到了，去年打击了一批，今年又起来一批，这些人比我们当初年纪小，所以更不知轻重，不计后果，动手没原则，也一点分寸都没有。"

"既然这样，你陪我找个地方住吧。"陈婉秋说。

这回，凌飞彻底愣住了。

其实，陈婉秋也被自己吓了一跳，但话已说出了口，她也就不再多想。对面前的这个男孩，或者说男人，她是有所期待的，但她并不知道能否过了自己那一关。

"你出社会那么久了，不会连个宾馆都找不到吧？"陈婉秋看着凌飞问。

“不会，当然不会……”凌飞有些语无伦次。

凌飞当然知道这附近哪里有宾馆，他虽然很少在外头住，但即便是听，也听得多了。

在距离学校不到一千米的街道旁就有一家门面不大，但看起来比较正规的宾馆。凌飞拿着两人的身份证递给前台收银员的时候，手居然有些发颤。

收银员是个年近四十岁的女人，看着这两张年轻的脸庞，神色有些鄙夷，冷冷地说：“双床还是大床？一间还是两间？”

“两……”凌飞刚要开口，陈婉秋却抢着说道，“大床，一间。”

凌飞怔住了。营业员也愣了半秒，暗想现在的女孩真开放，接着就收钱拿钥匙，让二人上楼。

房间还算干净，只是非常狭小，除了卫生间，就只有一张睡觉的床了。凌飞看着这一张床，很是窘迫。

陈婉秋似乎看出了凌飞的心思，说：“你不愿意和我待在一起，可以自己回去。”

凌飞却连忙摇了摇头。

陈婉秋放下书包，说：“我没别的意思，就是不想回家，我晚上睡觉很安分的，你放心。”说完，转身进了卫生间，过了一会儿，卫生间里就传来了阵阵水声。

凌飞当然很放心陈婉秋，但他却并不放心自己。他不是傻子，陈婉秋的意思已经很明确了，今晚他们一定会发生一些什么。可凌飞居然感到害怕。他不是不想，是不敢。

陈婉秋在卫生间待了很久，洗了很久。凌飞并不知道，这一年以来，陈婉秋几乎每天如此，那种梦魇一般的洁癖死死地缠绕着她。从前她本不是个矫情的女孩，可自从那件事之后，她几乎每天洗澡都要在里头待一个小时以上，有好几次差点儿脑缺氧。她控制不住地去搓洗每一寸肌肤，直到皮肤发红发痛。

在家里的时候，她每次洗澡，陈学武就坐在客厅里疯狂地抽烟，时常等她从卫生间出来，陈学武面前的烟灰缸里已经放满了烟头。如果是平时，陈婉秋一定会不满地教训父亲，可每到这个时候，父女俩却心照不宣，谁也不说什么。

直到夜里十点多，陈婉秋才从卫生间出来，衣服依然穿得很整齐。凌飞张了张嘴，本想问句什么，但最终却只是说："我去洗了，你先睡觉吧。"

陈婉秋没有回答，背对着凌飞轻轻地擦拭头发。

这一晚，凌飞洗澡的时间也不短。他深知现在的自己不修边幅，整天和难闻的汽油打交道，有时候跑长途，甚至三四天不洗澡。他怕陈婉秋会嫌弃自己。

凌飞出来的时候，陈婉秋已经睡下了，躺在靠墙的位置，紧紧裹着被子。

这个时候正是盛夏，房间里唯一的电风扇呼呼地吹着，陈婉秋的样子让凌飞感到揪心，他轻声问："婉秋，你睡了吗？你这样，是……是要中暑的。"

陈婉秋没有回答。凌飞叹了口气，只得慢慢坐到床边。他正准备躺下去的时候，陈婉秋却忽然猛地翻过身来，盯着他，满脸警惕，过了好一阵子才逐渐放松下来。

凌飞看见，陈婉秋已经满头是汗，汗珠正从她额角滑落下来，流过脸颊，滴在枕头上。

“你……你别这样，是我……”凌飞说，“天这么热，你裹着被子干吗？”

陈婉秋依旧没说话，似乎花了很大的勇气才把被子掀开，但随即又急切地说：“你把灯关上。”

凌飞自然照做。

关上灯之后，他听见陈婉秋深深出了口气，似乎如释重负。

黑暗中，凌飞躺在床上根本不敢动，过了好一会儿，陈婉秋的声音在他耳边响起：“凌飞，我能问你一个问题吗？”

“你说。”凌飞赶紧回答。

“这一年时间里，你交过女朋友吗？”

第十一章　梦魇深邃

凌飞被问住了，他根本不知道怎么回答这个问题。一年前那段短暂的邂逅，那个魅惑的夜晚，算是恋爱吗？他不确认，也不愿再说出口。可是，他却又不想骗她。

陈婉秋似乎感觉到了什么，又说：“你要是不方便说，我就不问了。”

凌飞连忙说：“不，没有，我……我应该算是谈过吧，但很快就分手了。”

“分手了？”陈婉秋似乎沉思了一会儿，忽然又低声问：“谈恋爱，到底是一种什么感觉？”

“这……”

“自己喜欢的人也喜欢自己，是一种什么感觉？”陈婉秋又问。

“我……我也说不清楚。”凌飞有些尴尬。

他喜欢过那个女孩吗？那个时候的他，甚至不知道喜欢为何物，何谈恋爱的感觉。

陈婉秋又接着说话，黑暗似乎赐予了她更多的勇气，她的声音也不再发颤：“回来之前，我去看了一部电影，《泰坦尼克号》，你看过吗？”

这部片子，凌飞是借的光碟，在员工宿舍里和通运的员工一起看的。那帮整天做着一成不变的工作的工人，其实根本不是冲着电影本身去的，两个多小时的电影，他们只为了看那几分钟的裸体和激情桥段，看完之后就一哄而散。唯独凌飞，默默地看完了全片。

那个时候，他朦胧地找到了当初听《友情岁月》和《滚滚红尘》的感觉，尽管那些歌他已经很久不听了。

“你说……”陈婉秋继续说着，“为什么杰克和露丝能那么快就相爱呢？那到底是一种什么感觉？他们俩才第一次见面，就能互相喜欢上对方，真有那么幸运的事情吗？有些人，即便是认识了很多年，也没办法……没办法互相喜欢。”

凌飞却叹了口气，说：“可他们最终还是没在一起。”

“可他们至少相爱过。”陈婉秋反驳道。

“你也可以啊。”凌飞也放松了下来，说，“从初中开始，那么多男生暗地里给你塞情书，那个叫吴枫的，还为了你老跟我过不去，他后来没找过你吗？”

黑暗中传来陈婉秋的一声冷笑，说：“我讨厌他们。”

“你……”

“我害怕他们。”陈婉秋又说。

“婉秋……”

“我也害怕你。”

“我……我怎么了……”

“我怕你们这些人，怕每一个男人，怕你们的一举一动，怕你们的身体，我更怕你们触碰我。”陈婉秋的声音忽然变得激动起来，“我怕你们脏，我也怕你们觉得我脏！”

“什么？你在胡说什么？”凌飞猛地坐起来，“谁嫌弃你脏？谁敢？！我他妈弄死他！”

凌飞已经很久没有用这种语气说话了。但对方却陷入了沉默，过了很久，他听见陈婉秋轻声说：“算了，睡吧。”

凌飞默默地躺下，心里却一阵憋闷，他忽然有一种让自己都胆战心惊的冲动。

他把手轻轻地伸向陈婉秋，放在她的肩膀上。他怕极了陈婉秋忽然尖叫着跳起来，但陈婉秋却只是身子一颤，并没有动。

凌飞一点点地靠近她，陈婉秋整个身子都紧绷起来，但一直到凌飞的身体紧紧贴住她的背部，她都没有动一下，也没有说一句话。

不知道过了多久，陈婉秋忽然问道：“你以前也是这样抱着她的吗？”

“什么？谁？”凌飞一愣。

“你也是像抱着我一样，抱着你女朋友吗？”陈婉秋又问。

“我……没……”凌飞结结巴巴，几乎说不出话来。

“算了，没什么，睡吧……”陈婉秋立刻又说。

凌飞“嗯”了一声，他忽然变得安心起来，毕竟陈婉秋并没有拒绝自己，他满以为自己成功了，给了陈婉秋一份别人不能给的安宁。

但凌飞并不知道，这一夜，陈婉秋始终没有睡着。被一个男人抱住，她浑身上下都处在无尽的煎熬之中。可她却没有推开凌飞，她竟也不想从这煎熬里抽身而退。

第十二章 贪婪无尽，罪孽无边

这一夜，睡不着的人还有一个，就是李晓虹。

几个小时前，她接到了那个恶魔打来的电话。这是这几天以来石铁柱第四次给她打电话了，她能够感觉到石铁柱的耐心正在一点点减少，尤其是刚才那一通电话，让她毛骨悚然。

她原本已经打算要报警了，可是就在那一通电话里，石铁柱忽然说：“李总，有件事我也是最近才知道，你有个弟弟，叫凌飞的，这一年好像一直在你们通运干活儿啊？看不出来，李子文居然还有私生子呢。”说完之后，对方阴森一笑，就挂断了电话。

李晓虹颤声怒吼，质问石铁柱想干什么，但是电话那边却只剩下一片忙音。

石铁柱要30万元，她一直拖延着不给，现在这恶魔显然已经动了杀机。

李晓虹是一个重家庭，也重感情的人，她本不该对这个弟弟有任何感情，可是偏偏在凌飞出现之际，李晓虹就对他生出一种莫名的责任感。她不能让这个弟弟卷进这件事里来。

李晓虹几乎完全睁着眼，一直挨到第二天清晨。办公室的空调呼呼吹了一晚，她也无心去管。原本最注重形象的她，这几天都没离开公司，把自己搞得蓬头垢面。

她低声告诫自己，这是最后一次妥协，接着便打电话去财务室。但是，她有些恼怒地发现，明明是上班时间，财务主管王雅文却又不在岗位上。办公室的人说她陪孩子打针去了，待会儿回来。

“回来让她来我办公室。”李晓虹没好气地说。

李晓虹早觉得这个财务不像话了。关于财会人员赚“灰色”收入的手法，她早从自己父亲嘴里听来了不少。最简单基本的一项，每月员工的工资只要缓发一天，存折上的利息就不在少数。可父亲总说，水至清则无鱼，只要不触碰底线，就睁一只眼闭一只眼吧。

李晓虹也知道王雅文家庭并不富裕，她的孩子有肺病，需要照顾，而且她又是通运的老员工，李晓虹本不想为难她。可王雅文却总不把自己放在眼里，甚至经常摆老资格来教训自己，尤其是上次那10万元的事情，让她对王雅文越发不满。

到了下午，王雅文才回到办公室，听说李晓虹气急败坏地在找自己，她赶紧去找李晓虹。她心里对李晓虹是有些不服气的，觉得她太年轻，处理事情太急躁，又没有分寸，对自己这样的元老也不够尊重，可是毕竟人在屋檐下呀。

她见到李晓虹，说："李总，你找我？"

"对，你给我准备30万元现金，我急用。"

"李总，是有什么项目吗？上次的10万元就处理得不符合规矩了。如果要查账……"王雅文为难地说。

"你站在谁的立场说话？我安排你做什么你就做，有什么事又不用你担着。"李晓虹厉声道。

王雅文心里嘀咕着："上回10万元，这回30万元，隔着1年来一次，还都是现金，去向不明，以前李总也很少这么急着要钱，这个李晓虹肯定有问题，我不能替她背这个锅。"

思索了一会儿，她决定要给这个李晓虹一点儿颜色看看，不过嘴上还是恭敬地说："好的，李总，我回去安排一下。"说完便转身离开了。

第十三章　树欲静而风不止

三天假期的最后一天早晨，凌飞把陈婉秋送去了学校。他答应陈婉秋，在她高考之前，每天都会来接她下课，晚上回家也好，找别的地方住也好，都陪着她。

与陈婉秋分别之后，凌飞决定完成他这几天想要做的第二件大事。他要去探监。

在此之前，他就已经在居委会开好了证明。凌飞最怕和公职人员打交道，但这回却硬着头皮跑了好几个地方。

回想这一年的光景，起初，是单纯地害怕。他永远不会忘记警察把母亲带走的那个晚上，也不会忘记那时的无力和绝望，那种感觉让他恐惧。他以为，这种恐惧会随着自己慢慢强大而消除。可是，当他一次次在社会上受挫，被现实无情鞭挞之后，他便发现，这种恐惧不但没有消除，还越发加深。这时候他感受到的，便不仅仅是害怕了，更多的还有羞愧。他不敢让母亲看到如此无能的自己。

但此刻的他，知道自己不能再懦弱了，他逃避的实在已经太多。

滨海市的第二监狱在城郊，距离开发区很近，不远处就是一处处施工地段，机器旷远的轰鸣声让这边显得更加荒凉凄清。即便是在夏天，这地方也人迹罕至。

凌飞并没有想到，一切手续齐全，他以为自己终于能见到母亲的时候，却被告知凌小梅不愿意见他。

凌小梅只是让狱警转交给凌飞一封信，信里头只有一张照片，照片应该是监狱新年晚会时拍的合影。凌飞找了很久，才在人群中找到凌小梅。

他的母亲，曾经看起来总是如二三十岁的样子。但照片里的凌小梅，短发，穿着囚服，头发已经有些斑白，脸颊微微凹陷，虽然嘴角带着拍照时必要的上翘弧度，却全无笑意。

她穿得很整齐，似乎刻意打理过。

凌小梅的旁边是一个乐呵呵的胖女人，那胖女人友好地侧着脸对她说话，似乎完全没有注意拍照的镜头。但凌飞看得出来，凌小梅的身子正在刻意躲避那女人的靠近，只是为了不那么尴尬，尽量保持友好的态度。

那胖女人的囚服像是好几天没有洗一般，即便是远对着镜头，也能看出来是皱巴巴的，身上还有几块脏污。

凌小梅还是那样有洁癖。

凌飞不明白凌小梅为什么不愿意见他。难道是怪自己来晚了？他失魂落魄地走在开发区的街道上。这里的海风很清凉，路面很宽阔，大概很快，这里就又要万丈高楼平地而起了。这个城市变化的速度，已经随着这年春晚的那一首《相约一九九八》，变得更加难以琢磨。

很多人还沉浸在旧梦里，外头却已日新月异。

凌飞来到海边，坐在沿海的护栏上，拼命地抽烟，看着沿街的行人。

有一对小情侣打闹着走了过去，男孩说着一口标准流利的普通话，女孩却用粤语和他交流，两人全无障碍。那男孩手上拿着一个黑色的东西，不是大哥大，不是 BP 机，凌飞知道这叫手机，是新时代的高端货。

有几个逃课的小混混吆五喝六地从凌飞面前经过，似乎本想上来说几句什么，却被凌飞冷冷一瞪吓得直接调头就走。现在的小孩子，可比凌飞当年差远了。

没多久，有几个穿着衬衫、夹着公文包的年轻人风尘仆仆地向不远处的公交站走去。他们交谈着，这几年就要修地铁了，以后上班就方便了。

凌飞看着、听着，有种人生如梦的错觉。

他的沉思是被一阵呼机振动打断的。是李晓虹在找他。虽然假期还没结束，但凌飞不敢怠慢，赶紧到附近的公用电话亭回了电话。

李晓虹没好气地让凌飞立刻回公司，也没说为什么，凌飞本想争辩两句，却招致李晓虹的训斥。

凌飞觉得有些委屈，而且，他答应过陈婉秋，今晚要去接她下课。再三权衡之下，他决定暂时不理会李晓虹，她既然准了自己的假，就无权要求自己在休假期间回公司。想到这儿，凌飞离开了开发区，赶往学校。

最近经常去学校，凌飞忽然有种回到了读书时期的感觉，只是他也明白，这一切不过是怀念造成的错觉而已。

去学校的路上，他的 BP 机又响了好几回，但他全当没有听见，甚至连看都没有看一眼。现在他的心里只有陈婉秋，他也不知道这是出于对过去的愧疚，还是别的什么。

他的身上，仿佛还带着昨晚陈婉秋留下的体温，那是他几乎从未感受过的温存。

第十四章 李晓虹的困境

李晓虹让王雅文准备 30 万元现金，却迟迟不见她送过来，她打电话催王雅文，她却推脱说需要去银行预约取钱，要明天才能拿到。她知道自己吃不住这个老女人，但她万万没想到，她竟然会选择报警。

滨海城南分局并没有停止对李子文被害一案的调查，相反，他们一直执行着当初陈学武的策略主张，想要放长线，钓大鱼。

随着香港的回归以及澳门回归的临近，沿海的反腐声势越来越浩大。李子文被香港黑帮买凶杀害，一名凶手在逃，这种事怎么看都有着深不可测的背景，更何况在石铁柱曾经待过的下水道里发现的那几张残页，也显得如此神秘。警方有充足的理由相信，通运公司的背后，有着一潭深水。

通运公司财务主管报案，似乎成了案子重新开启调查的一个契机。警方立刻着手再次建立专案小组，而且已经开始拟调陈学武回城南分局的申请文件，并准备与邻市联系。

这一切，除了公安内部人员，没有人知道。

李晓虹正在想如何解决石铁柱这个恶魔，他就打来了电话。

"钱准备好了吗？你可别耍花样。"石铁柱有点不耐烦。

"三天还没到呢，30万元不是小数目，我得筹钱。"

"我可没那么好的耐心，你要是敢报警，小心你弟弟的狗命！你这个弟弟整天往城南的学校里跑，昨晚上还跟一个女学生去开了房，真有出息呀！"石铁柱恶狠狠地说。

"你别乱来！"李晓虹有点慌了，她没想到石铁柱对凌飞的事了解得这么详细。

"你别紧张，我现在还没打算动他，不过你别把我逼急了。再给你一天的时间，你让我好过，大家就都没事，要不然……"对方没有继续说下去就挂断了电话。

李晓虹拿着已经忙音的电话，半天才缓过神来。她赶忙联系凌飞，叫他回来。一来是担心石铁柱对他下手，二来也想问问他打人的事到底是怎么回事。可凌飞不理会的态度让她又气又恨。

她靠在沙发上，回想自己接手通运以来的桩桩件件。她的确是高估自己了，以为自己在学校里成绩优秀，就可以在商场上如鱼得水。可现实给她上了生动的一课，这桩桩件件让她不知该如何应对。

她正在沉思之际，忽然听见窗外传来一阵嘈杂的声响，似乎有人正用扩音喇叭在楼下高喊着什么。

李晓虹顿觉一阵厌烦，起身推开办公室的窗户，却看见公司楼下的停车场上聚集着一帮人，看穿着打扮倒像是些农民工，为首的那个正拿着扩音喇叭对楼上高喊，那一口普通话不知道夹杂了什么地方的方言，李晓虹根本听不清他到底在说什么。

但是楼下的人已经越聚越多，公司的许多员工也不合时宜地跑出去看热闹。

“这帮混蛋！”李晓虹气得重重地摔上窗户，转身快步下楼。

第十五章　无　赖

从办公室到楼下停车场这短短的几分钟时间里，李晓虹反复思忖到底发生了什么。她确定自己没有拖欠谁的工资，而且通运的经营状况还算可观，不至于出现经济问题，让人找上门来。

但到了楼下之后，她就发现自己把问题想复杂了，这帮穿着破旧邋遢的家伙，嘴里喊的似乎是“打人者赔偿”“黑心公司殴打普通市民”之类的话。

李晓虹二话没说，穿过看热闹的人群，一把揪住那个拿着扩音喇叭的家伙，厉声说："你是孙鹏什么人？在这里闹什么？！"

那人显然一惊，上下打量了李晓虹一阵，嘴里叽里咕噜嘟囔了半天，李晓虹瞪着眼，全然没听懂他在说些什么。

"你说什么东西？！"李晓虹急了，"我知道，你们是孙鹏叫来的吧？要说法，你让他自己来，别出这些下三滥的损招！"

那人看来是被李晓虹的咄咄逼人吓着了，连连后退，但依然哇哇大叫着什么，李晓虹越听越是摸不着头脑。

这时候，身旁一名北方的员工低声说："李总，他说他们不认识孙鹏，是一个老板让他们来喊话的，一人二十块钱，来了就给，而且管一顿饭。"

李晓虹气得咬牙切齿，转身冲回楼上办公室，立刻拨通了孙鹏的电话。

"你什么意思，孙老板？你儿子和我们员工的问题，你不满意可以直接登门来协商解决，用不着这么下作吧？！"李晓虹怒声说。

孙鹏却哈哈一笑，说："李总，我儿子吃了亏，我当然要找回点面子来，你不给我个确定的答复，我只好让人去闹，你一天不给答复，我就闹一天，两天不给我就闹两天，反正这街上缺钱的打工仔多得是，他们愿意干这个活儿。"

"我们可以赔钱，你还想怎么样？"李晓虹怒道。

孙鹏不紧不慢地说："李总年纪轻轻，记性不好吗？我说过了，赔钱是小事，关键是态度，你们陪我儿子去做个全面检查，事情就算了结了。"

李晓虹知道这个全面检查其实是孙鹏想借机敲竹杠，但李晓虹想不明白的是，孙鹏生意做得风生水起，不应该就想敲一笔钱而已，孙鹏到底打什么主意？

她觉得不能按照他说得办，于是果决地说："我已经表明态度了，就赔那么多钱，想敲竹杠，没门儿，不行你就走法律程序吧！"

"哟呵，李总真敢说，你们通运，还真敢走法律程序啊？现在的警察可是什么都敢查，遇到案子，就一定会把十八辈的老底都翻出来。"孙鹏说。

李晓虹没想到孙鹏会威胁她，难道是他知道了什么？

孙鹏听李晓虹没有回答，似乎也猜到了什么，继续说："李总，咱们还是和和气气的好，去一趟医院，不耽误你们什么事。再说……咱们以后生意场上抬头不见低头见，你说是吧？"

李晓虹最恨的就是这种无赖，但这个时候，她却只能妥协。

"好，你定个时间，我带人过去。"李晓虹微微闭着眼，咬了咬牙，努力克制着情绪说。

"好，爽快，不过看病这事儿可拖不得，我看就明早吧，咱们在市立医院见面。"

李晓虹放下电话的时候，只觉得手都有些发抖，也不知道是气得还是累得。这个通运公司，这眼前的一切，已经让她越发厌恶起来。

她沉默良久，才再度拿起电话联系凌飞。可无论她怎么拨凌飞的呼机，都始终没有回音。

夜幕降临时分，凌飞正在学校附近的大排档里。

凌飞入学的时候，这家大排档就开着，几年过去了，无论是装饰、菜品，都没有什么变化，唯一变化的是来往的顾客。

以前，凌飞时常和几个兄弟逃课在这里喝酒抽烟，还不止一次在这里与邻桌的混混因为一些小事发生冲突。这儿可谓是凌飞他们的“旧战场”。而现在，由于学校的管理越来越严格，这地方已经几乎看不到逃课的学生了，生意也越来越差。

凌飞和这家店的老板聊了几句，老板显然已经认不出他了，但却依然能细数出当年这店里发生过的大小数十次斗殴。他告诉凌飞，这店里最严重的一次斗殴，有一个小“古惑仔”被人连扎了三刀，人就扔在不远处的林荫道躺椅上，警察来的时候就已经不行了。

老板一面抽着烟，一面眯着眼睛说：“不过我还是比较喜欢那个时候，那时，好歹这里生意好，现在除了每天早上开个锅，学生来买早餐，几乎就没人来了。”

凌飞淡淡笑了笑，没有说话。他偶尔也会怀念过去的日子，但却并不想回到过去。

老板打量着凌飞，又说：“你不是这个学校的学生吧？”

凌飞如实点了点头，说：“以前是，现在……”

“混社会，被退学了吧？”老板笑着说，“这个钟点，还会跑到我这儿来吃东西的，大部分都是熟人，我虽然记不住你是谁，但可以肯定你以前来过。”

“我也在这儿打过架。”凌飞笑了笑，说。

老板仰头哈哈笑了起来，拍了拍凌飞的肩膀，说：“我帮你切一盘烧鹅，咱们多聊会儿。”说完，又从身后的柜子里摸出两罐啤酒来，对凌飞咧嘴一笑。

凌飞没有拒绝，他的确忽然有点想喝酒了。

那老板就和他对面而坐，两人默默喝酒，偶尔夹起一块盘里的烧鹅。烧鹅的肉很厚，看起来价格并不便宜，但老板却愿意拿出来送给他。

看着老板那张略显苍老，左眼角还有一道缝过针的疤痕的脸，凌飞心头有些发堵。这老板应该也是个有故事的人，只可惜，他的故事似乎撑不起他的未来。

第十六章 昼伏夜出

凌飞坐在靠门边的位置，视线正好能覆盖外头林荫道的一隅，此刻，一个收垃圾的老头正蹲在垃圾箱附近翻找着什么。

虽然夜幕已经降临，但是借着路灯，凌飞依然能看清那老头的轮廓。凌飞从来没见过这么难看的人。他并不以貌取人，但这个捡垃圾的老头，只看一眼便让他打心底里生出厌恶。塌鼻梁，三角眼，脸上脏污不堪。偏巧他这一双三角眼却又带着一种难以言喻的贼光，眼珠转悠着扫视四周，当他看到凌飞的时候，居然咧嘴笑了笑，那笑容让凌飞不寒而栗。

“这老头，没见过嘿。”大排档的老板又点了支烟，吞云吐雾之间说道，“之前来收垃圾的不是他。”

说话之间，那个捡垃圾的老头已经起身离开，从门前经过的时候，还时不时地扫视凌飞一眼，似乎对他很有兴趣。

他这几眼看过来，看得凌飞食欲全无，他不由得站起来，跟店老板告了个别便匆匆离开。不知道是胆怯还是别的什么，凌飞只觉得心里发慌，只好刻意靠近校门，站在校门口那个保安能看见的位置，才算放心。

凌飞一直忐忑不安地等到夜里九点多，才看见陈婉秋的身影出现在学校门口。

今天的陈婉秋，情绪比之前好了许多，凌飞也总算放下心来。但他并不知道，那个捡垃圾的老头并没有走远，而是一直在附近紧紧盯着他们。

这老头并不老，不过四十来岁的年纪，只是，这一年的在逃生活，让他壮实的身躯变得消瘦，脸上爬满皱纹，就连脊背也因为长期东躲西藏变得伛偻弯曲。现在的他并没有比一年前好到哪儿去，他依然只能昼伏夜出，如同老鼠一般流窜在这座城市的大街小巷。

一年前，当他刚拿到10万元现金的时候，他满以为自己的生活迎来了新的曙光。但很快他发现，自己太天真了。

那段时间，整个滨海及周边城市都在严厉打击违法犯罪活动，进出城车辆、火车站、港口等到处都戒备森严，严防流窜犯及走私行为。李子文一案是当时比较轰动的案件，调查看似搁置，警察却并未停止搜寻石铁柱的下落。

他不敢去车站，不敢住正规的宾馆，本想办一张假身份证，奈何自己没什么文化，大字不识一箩筐，竟反倒被几个不法分子给骗了钱。

他从未想过，原本没钱的他，舍得一身剐，天不怕地不怕，就是杀人也没眨一下眼。现在忽然有了点钱，日子却过得更艰难。

那10万块钱，他好赖花不完，于是想给家里寄点儿钱。

那天他买了一身好点儿的衣服，用麻袋装了钱就往银行跑，然而，在银行门口，他却看见几个荷枪实弹的武装人员，严肃矗立。当时他被吓出一脊背冷汗来，转身就走。他并不知道，那几个武装人员不过是运钞车的押送员，并不是警察。

石铁柱发现，在拿到10万元之后，他的恐惧反而更加深切。他开始怕死了，开始惜命了，开始担心自己钱没花完就会被抓住了。他感到，这是老天给他开的最大的玩笑。

他依然游走在城市的“灰色地带”，和最穷困潦倒的人混在一起，身边充斥着小偷、流窜犯、乞丐和卖淫女，他甚至开始怀疑自己以前的想法。从前，他总以为李子文他们之所以能人模狗样地做所谓“人上人”，完全是因为一个“钱”字，可现在的他，有了这点儿钱，却更加寸步难行。

最终，他选择了赌博。1999年澳门回归前夕，像是要顺应潮流似的，滨海市突然冒出了大大小小数十个地下赌场。最破旧的赌场聚集在烂尾楼、地下室之中；而高级一些的，竟也能入驻正规酒店和歌舞厅。

赌博是最有效的花钱方式，没多久，石铁柱就再次恢复了赤贫之身，而且警方也开始注意到了这些地下赌场，半个月内，就有三四家较大的赌场被抄，抓获犯罪分子数十人，其他的小赌场也随之开始收敛，偃旗息鼓。

也是在这个时候，他又想起了李晓虹。他明白，只要那本账簿还在自己手里，无论想要多少钱，李晓虹都可以给他送来。

只是这一次，他感觉自己好像失算了，李晓虹这小贱人，居然给他打了好几天的马虎眼，这让他心里有些发慌。如果不是从几个混混嘴里听到有关李晓虹弟弟的传言，他真不知道该怎么办。

现在，他认定，凌飞就是他最后的筹码。

第十七章　旋　涡

李晓虹的情绪由最初的愤怒渐渐变成了担忧，凌飞不回电话，她便越发坐立不安。

晚上九点多，当办公室的电话铃响起时，她几乎扑到电话机前，迅速抄起听筒。然而，她刚要开口问凌飞人在哪儿，话就哽在了喉头。

电话那边传来的并不是凌飞的声音，而是那个昼伏夜出的恶魔。

“嘿嘿，李总，我刚才又去看你弟弟了。”石铁柱令人厌恶的声音，幽幽地从听筒那边传来。

“你要干什么？凌飞人在哪儿？”李晓虹厉声问道。

石铁柱不紧不慢地说：“别着慌，李总，那小子好着呢，跟他的小情人在路灯底下腻歪呢。不过，我离他们也就不到十米。”

“你……”李晓虹顿时脊背发凉。

石铁柱淡淡地说：“我听说，你这弟弟还挺能打的，之前混社会，说是十来个人也不是他的对手，看小伙子也壮实，哎，不错。哦对了，李总，我带着榔头呢。”

“你别乱来！”李晓虹几乎叫了出来，“现在街上到处都是巡逻警察，你就不怕？！”

“我怕什么？”石铁柱似乎很坦然，“好赖一条烂命，抓住就是判个死罪，我杀一个人，杀两个人，和杀十个人有什么区别？可你李总就不同了，你们是有钱人，又这么年轻。你不想先死了爹，又再死个亲弟弟吧？”

李晓虹觉得自己快撑不下去了，她已经临近崩溃。终于，她颤声说：“我正在给你筹钱，30 万元，去银行还要预约提款，我没有那么多现金。”

“臭女人，骗鬼呢！”石铁柱骂了一句，继续说，“老子现在就要钱！”

“30 万元，现在我怎么可能给你？！”李晓虹几乎要哭了出来。

“那你就等着替你弟弟收尸吧！那本账簿，你也别想拿回去了！”石铁柱气急了，大吼一声，不等李晓虹再说什么就挂断了电话。

然而，当石铁柱再抬起头来的时候，却发现凌飞和陈婉秋早已经不在路灯下了。刚才他太专注于打电话，满心想着的都是那 30 万元，居然忘了看住那两个人。

石铁柱愤怒地一拳砸在电话机上，却还不解恨，又摸出身后的榔头，对着那电话机就是一通猛锤，公用电话的零件七零八落，金属与塑料混杂着飞溅出来。

正当他用尽全力发泄之际，突然，不远处传来一声呵斥："干什么呢？！"

石铁柱一惊，猛然抬头，却看见两个穿制服的男人快步朝这边走来，他顿时慌了神，手里的榔头竟滑落在地上。他顾不得去捡凶器，转身就跑。

等那两个穿着制服的男人到公用电话亭前的时候，石铁柱早已经不见踪影。

两位民警满脸不解地看着地上的榔头和被砸碎的电话机，其中高个的感叹了一句："多大的仇怨啊，跟电话过不去？"

另一人蹲下身来，看着地上的榔头，说："这怎么处理，带回队里去吗？"

"带回去吧。"高个民警耸了耸肩，说，"最近抓得又严了，这东西扔在这里，影响不好……"

石铁柱跑了很远才停下来，扶着电线杆大口喘着粗气。

"妈的！"他骂了一句，伸手擦了擦额头上的汗珠。

这一刻，石铁柱忽然觉得自己老了。一年前的他，杀人不眨眼，对什么都从容淡定，可短短一年的东躲西藏，以及那小半年的赌徒生涯，居然几乎废了他浑身"武功"。他情绪变得极不稳定，容易兴奋，容易愤怒，体力也大不如前，而且，他忽然开始无法接受不能挥霍的日子了。

从最初的 10 万元到手，却不知道怎么花；到后来的大手大脚，一掷千金；再到现在的穷困潦倒，甚至不如从前，他忽然觉得，自己竟像是已经过完了一生。

最让他无法接受的是，他居然开始恐惧，恐惧一切穿制服的人，哪怕是有人穿着军绿色的大衣从他身边走过，他都会浑身一颤。

还记得就在上个月，他住所附近的一个乞丐不知道从哪里捡来了一件军绿色的旧大衣，想放在桥洞子里当铺盖，他看见后竟突然生出一股无名之火，结结实实地把那人一顿狠揍，大衣也扔进了河里。

恐惧是一种病，一旦滋生，就会迅速蔓延，迅速扩大。

另一面，凌飞其实也并没有走远，他和陈婉秋进了旁边一家未关门的小卖部里。

凌飞并非没有察觉。他在一天之内，连续两次看见了那个让他生厌的拾荒者，这让他心里莫名地发慌。虽然他并不知道这种心慌缘何而起，但还是本能地选择了躲避。

在小卖部里停留了十几分钟之后，他才带着陈婉秋离开。

这一天，陈婉秋并没有再要求去外边住，而是选择了回家，这让凌飞有些失落。他一直把陈婉秋送到家门口，才恋恋不舍地离开。

陈婉秋并没有邀请他进去坐一会儿，只是让他记住明晚一定还要来接她。凌飞欣然答应之后，才下楼离去。

出小巷时，他又回头看了一眼自己的家，或者说曾经的那个家。上回破门而入以后，他就没有再管那扇门，现在，门依然只是虚掩着，但是屋子里也没什么值钱的东西，即便是进了贼，大概也没什么好偷的。

他本想再回去看看，寻呼机却再次响了起来。现在是夜里十点多，李晓虹已经不知给他打过多少次电话了。他有些无奈，只得离开小巷，向最近的公用电话亭走去。

第十八章　有人要害你

李晓虹在接到凌飞电话的那一刻，差点失声痛哭。但是很快，愤怒的情绪在她心中占据了上风，她厉声质问：“你上哪儿去了？你知道我给你打了多少个电话吗？”

“姐……不是，李总……”凌飞有些丈二和尚摸不着头脑，说，“我假期可还没完呢，到底有什么要紧事，一定要找我？”

“少废话，你现在就到我办公室来。”李晓虹命令道。

凌飞完全蒙了，说：“李总，现在是晚上十点半啊！”

“没商量！”李晓虹说，“立刻过来，否则明天你就卷铺盖走人！”说完就直接挂断了电话，没有给凌飞任何反驳的机会。

这一年来，李晓虹几乎没有责备过凌飞一句，她这几天脾气的变化，让凌飞十分不适应。凌飞甚至觉得有些委屈。他所能想到的，无非是李晓虹工作上不顺心，感情上不顺意了，却拿他来撒气，这让凌飞无比恼怒。但即便如此，凌飞依旧不敢怠慢李晓虹的命令，立刻打了个出租车，赶去了通运公司。

李晓虹果然在办公室等她，刚一进去，李晓虹就从办公桌后起身，快步来到门前，把办公室门反锁住，又转身拉上了窗帘。

即便办公室里有空调，凌飞也觉得压抑闷热。空调压缩机的轰鸣声，更让他感觉无比烦躁。

他努力克制自己的情绪，问：“李总，到底怎么了？火急火燎地叫我过来。”

“你什么意思？我还是你李总吗？我还是你姐吗？”李晓虹瞪眼说，“你谈恋爱，我不反对，和女孩子开房也是你的私生活，我无权干涉。但我下午就联系过你，让你立刻回来，你为什么不听？不但不听，还故意不回电话，到现在才……”

凌飞一头雾水，感到更加困惑了，李晓虹怎么知道他谈恋爱、开房之类的事情？他干咳一声，皱了皱眉，说：“不是……姐，你不是准了我的假期吗？到底有什么重要的事情？”

“你知不知道待在外面很危险？”李晓虹坐回到办公桌后，两手抱在胸前，满脸怒容地说。

凌飞哑然失笑，说：“姐，等等啊，我都成年了，有什么危险的？先不说以前我就是在社会上摸爬滚打的，就说现在，我在你这儿干的这个活儿，多少次跑长途开夜车，整夜整夜地两地转悠，你也没说过什么危险，怎么我晚上在街上多待一会儿就危险了？”

“那些和这次不同！”李晓虹说，“总之一句话，这段时间你哪里也不用去了，待在员工宿舍里，工资我会照常给你发。”

“为什么？姐，就算你是我姐，你也不能限制我的自由吧？”此刻，对于凌飞来讲，最大的事就是每天接陈婉秋下自习，李晓虹的这一命令，显然是触碰了他的底线，让他本能地开始反驳。

李晓虹沉默了很久，凌飞急得像热锅上的蚂蚁，连续又问了好几回，最终，李晓虹才开口说：“如果我告诉你，有人要害你，我是为了保护你才这样安排的，你信吗？”

“害我？！”这对于凌飞来说简直是天方夜谭。如果换了以前，这话他是有可能相信的，可现在的他，不过就是个货运司机，一年多以前的朋友、仇敌也早就不知去向，还有谁会冲着他来？

“姐，你别逗我。”凌飞说，“我一个跑运输的，谁闲着没事害我？”

李晓虹知道，这个时候不和凌飞说清事情的严重性，他是绝对不会听的。于是，她站起身来，来到凌飞跟前，两手搭在他肩膀上，认真地说：“这一回，你得相信姐，我不会害你，也没必要害你。我可以告诉你，那个人是冲着我来的，想用你来威胁我，他今天晚上跟了你一路，还好没出什么事……”

“有人要害我，还跟踪我？”凌飞失笑道，“你说的该不会是个收垃圾的老头吧？”

“什么收垃圾的老头？长什么样？”凌飞只是忽然想到那个长相让人厌恶的人，随口一说，但说者无意，听者有心，一时间，李晓虹竟紧张起来。

凌飞也不由得一怔，如实说：“满脸皱纹，三角眼。”

李晓虹自然记得那副长相，自见到那个人的第一天起，她就记住了。李晓虹退了两步，说：“听我的，这几天待在宿舍，好不好？”

凌飞愣了愣神。他不傻，能看出李晓虹神情的变化来，不由得说：“真是那个人？怪不得我一天见了他好几次，敢情他一直跟着我吗？姐，他是什么人？干吗要害我？”

“你别问那么多。”李晓虹说，“听我的，这几天好好在宿舍待着，哪儿也别去！”

凌飞自然不服气，刚要开口再问，忽然，桌上的电话响了起来。李晓虹吓了一跳，转身抄起听筒，深吸了一口气，压低声音问：“喂，哪位？”

一旁的凌飞看见李晓虹脸色骤变，而且瞥了自己一眼，顿时感到不对劲。

此刻的李晓虹确实有些发慌。不光是李晓虹，电话那边的家伙也有些发慌了。

电话那边的家伙忽然觉得，自己在这个地方彻底待不下去了，他觉得，就在这几天，他无论如何也要冒险离开滨海市，因为他对这座城市、对这里的人的恐惧越来越深。尤其刚才，他还遗失了武器。对他而言，这不仅是遗失一把榔头这么简单，这件事还击溃了他对自己的信心。

他逼李晓虹拿钱，否则就立刻向警方交出账簿。但这一次，他的价格降到了 10 万元。

李晓虹并没有立刻答应，她默默地听着。实际上她已经听出了对方的急切，她知道对方着急要钱，而且降低价格，肯定是因为出事了。于是，她心中有了打算。

直到石铁柱把话讲完，她才开口，压低嗓音说：“交易地点提前告诉我，还有，这一次，你必须把东西给我，一手交钱，一手交货。”

对方沉默了一会儿，最终还是说：“地点我再通知你，那东西我会带上。”说完就挂断了电话。

李晓虹长长出了一口气，一屁股坐在办公桌后的椅子上。但紧接着她发现，凌飞正死死地盯着她，目光冷冽。

第十九章　你为什么不报警

李晓虹开始躲避凌飞的目光。

她自以为所有事情都快要解决了。她已经想好，这10万块钱由自己来出，不再动用公司的账户。她虽然不如旁人所说得那么有钱，但也多少有点积蓄，10万块钱现金，凑一凑是拿得出来的。

等拿到账簿，安全销毁之后，一切就结束了，以后就算是石铁柱被抓住，把这件事咬出来，那顶多就是她一个人倒霉。只要她死不承认账簿的事情，至少通运公司不会出问题，那手底下跟着她吃饭的几百号员工，也不会出问题。

但凌飞的目光却还是让她感到心虚。

良久，凌飞终于开口，说："姐，是非法交易吧？"

"什么？"李晓虹皱了皱眉，说，"你在说什么？"

"别装傻了。"凌飞说，"那会儿我在闪灵歌舞厅的时候，就怀疑过你和通运有问题，现在看起来好像是真的。"

"你懂什么，别胡思乱想！"李晓虹冷冷地说，依然看着旁边，并不直视凌飞。

凌飞来到办公桌前，双手撑在桌上，依然盯着李晓虹，说："你说有人要害我，是冲着你来的，现在又接了这样的电话，你以为我是傻子，什么都听不出来吗？"凌飞顿了顿，又说，"电视剧我总看过，什么一手交钱，一手交货……"

"住口！"李晓虹打断凌飞的话，"说够了没有，公司高层的事情，你一个小运输司机管那么多干什么？”

“你就告诉我，到底是不是非法交易！”凌飞说，“你们是不是在走私，或者……在贩毒……”

“瞎扯什么？”李晓虹也有些恼怒了，站起来，厉声说，“回宿舍去！”

凌飞摇了摇头，说：“好，你不承认也行，既然有人要害我，你又那么紧张，那我们报警吧，警察来了，我总更安全一些吧？”

“报什么警？”李晓虹扭头看着凌飞，半带愤怒，半带惊慌地说，“他又没对你动手，你有什么证据去报警？”

“你刚才可不是这么说的……难道非要等到那人下手了，我死了才能报警？”凌飞冷笑。

“你……”

“你在怕什么？”凌飞咄咄逼人，又问，“你怕警察来，你不敢报警，你怕警察查你，查通运公司，是吗？”

“你能不能不要再瞎猜了！”李晓虹已经变得有些底气不足。

这一年里，凌飞虽然看似变了很多，但深埋心底的正义感未变。而且，一年多的社会生活让他变得更加敏锐，更加懂得判断。他自信自己对整个事情已经猜到了七八分，因此他感到愤怒，甚至有一种遭人背叛的感觉。而李晓虹既不敢看他，又不肯承认，更使他觉得心寒。僵持良久，凌飞点了点头，说：“好吧，姐，既然到了这个份儿上，我就直说吧，当初你不再叫我看场子，而让我到通运来做司机，我很感激你，因为，我不想做任何非法的工作。”

凌飞退了一步，把别在身后的扳手，还有挂在腰间的几把钥匙拿了出来，放在桌上，“抱歉，我干不了了。”

“你……”李晓虹气得一拍桌子，站起来，说，“你什么意思？你要去哪儿？”她已经气极了，完全乱了方寸。

凌飞摇了摇头，说：“我去哪儿以后再说，但今天发生了这种事，通运我是待不了了。姐，走之前，我还想再劝你一句，无论出了什么事，逃避是没用的，你要真想彻底解决，报警吧。”

“我不用你教，你想走就赶紧走！”李晓虹声音有些发颤。

凌飞却平静了下来，摇了摇头，说：“姐，你比我年纪大，我不是教育你，我就是有点儿感慨，很多事就算想要逃避，最后兜一圈，还是会自己找上门来……”说完之后，他转身离开，关上了办公室的门。

外头，此刻月明星稀，是一个凉爽的夏夜，本是最适合休息睡觉的。只可惜这个晚上，又有好几个人要彻夜不眠了。

第二十章　不眠之夜

李晓虹睡不着，这一晚，她抽了生平第一支雪茄。虽然自从接手通运后，她就染上了烟瘾，但以前抽的都是味道平和的女士香烟，她并不喜欢太浓烈的烟草味。

那盒雪茄是李子文留下的，一直没拆包装，也不知道在这办公室的抽屉里存放了多久。

这第一支雪茄，把李晓虹呛得眼泪直流，心情却并没有好起来。

凌飞睡不着，他一个人默默地回了家，躺在带着霉臭和灰尘味道的客厅沙发上，躲在黑暗中，睁着眼，任由晚风吹动着坏了的门，脑子里思绪万千，却找不到个源头。

陈婉秋睡不着，她一直在看书，却一个字都看不进去。回到这里之后，虽然见到了凌飞，但她竟感觉，自己的那种恐惧非但没有减少，还在不断增加。这里的一切都太熟悉了，让她不得不去回想曾经发生过的一些事，那些梦魇……

石铁柱更不可能睡着，此刻的他有种前所未有的挫败感。他发现，自己害怕的事情越来越多，他觉得，这意味着他能活着的时间可能已经越来越少了。从前的他，哪怕是在满地垃圾的废弃厂房里也能睡着，现在，在这个无需身份证便能登记的小宾馆里，他却总是幻听到警车的声音，由远及近而来。他睡不着，没过多久，已经浑身是汗。

还有两位睡不着的，是肥西和细佬谢。

自从六月开始，长江流域暴发特大洪水，受灾地区绵延千里，举国关注。而凌飞和肥西的家乡，都处于受灾最严重的地区。

肥西想要回家。

这些年来，当年南下闯荡的人大多已经扎根广东，融入广东的人群之中。但其中仍然有肥西家这样的家庭。

肥西一家一直与家乡的亲朋好友保持着联系，时不时还会回老家探亲，而尽管娶了本地的女人，对于南方这片富饶的土地，肥西的父亲也从未有过归属感。肥西的父亲是这样，肥西这个从小在此处长大的孩子，受父亲的熏陶，竟也是这样。

这是一种复杂的情愫，矛盾、难以理解，却实打实地存在。

这次，肥西傻乎乎地买了许多物资，包括帐篷、棉被和压缩饼干之类。但他发现，买完这些东西之后，他连一张车票都买不起了。

这一年来，肥西父亲的病情越发沉重，腿部已经出现严重的静脉曲张，几乎下不来床。他的母亲也因为身体的缘故几乎无法工作，只能在离家不远的地方摆摊，一天赚的钱还不够一顿饭。

他找到了细佬谢，想向他借点钱回家。细佬谢原本以为，买一张车票花不了几个钱，可当他知道肥西那里还有一堆物资的时候，就犯难了。托运这么多东西，要花费的并不是个小数目。

细佬谢现在的日子也未见得好过，他父亲现在已经可以下床了，又能走街串巷、坑蒙拐骗了。但是，他自己的身体却一天不如一天。之前挨的那一刀，后遗症越来越明显。起初，他还能跟着父亲和城管们斗智斗勇，现在，他跑一阵子就会觉得胸闷气短，夜里还经常盗虚汗。明明是二十岁的年纪，却活像个六七十岁的老头。

当细佬谢想要解释自己家庭困难的时候，肥西的脸色变了，他上下打量着细佬谢，过了很久，忽然露出一丝冷笑来，说："你再困难，总没我困难吧，好歹你爸没什么事。借点钱给我，我并不是不会还的……看来，咱们平时不在一起混，人也生分了。"

细佬谢顿时一怔，他没想到肥西会对自己说这种话。他忽然想起了当年自己躺在病床上的时候，肥西也是这样坐在病床边，大骂着凌飞不讲义气。虽然这次他并没有勃然大怒，但那表情让细佬谢感到似曾相识。

细佬谢不觉有些心寒，沉默了一会儿，说："肥西，我给你个意见，你可以听可以不听，但听了别着急。”

肥西皱了皱眉，气呼呼地说：“你讲。”

细佬谢说：“凌飞在通运公司上班，他们那边的车是可以跑长途的，你那些货办托运多不划算，不如去找找凌飞，让他带你回去，顺便把那些货都拉上。他跑一趟长途，也不耽误工夫，还正好能帮你。”

肥西一愣，顿时沉默了。他知道这是个好办法，但也清楚细佬谢是在推卸责任，而且，他抹不开面子去找凌飞。

细佬谢的想法非常明确，他要把矛盾转移到凌飞和肥西身上去。他了解肥西的性格，虽然现在他内敛了不少，但对待兄弟义气方面的事情，依旧是一点就炸。在肥西的价值观里，兄弟之间互相帮忙是理所当然的，他帮兄弟理所当然，那么兄弟帮他也是如此。

但细佬谢早就明白了社会艰难、利益至上的道理，他不想和肥西发生冲突，于是让肥西去找凌飞。他料定凌飞不会帮忙。

因为之前陈婉秋来找过他和肥西，他知道这阵子陈婉秋要高考，也知道凌飞已经和她见过面，肯定每天形影不离。而跑一趟长途，至少需要一到两天的时间，如果这几天发车，正好会错过陈婉秋高考的时间，他觉得凌飞肯定不会同意。

这个意见一提出来，肥西和细佬谢都陷入了长时间的沉默。细佬谢那张尖嘴猴腮的脸上，一双眼睛不停地悄悄瞥着肥西的脸，察言观色。

肥西的表情阴晴不定，过了很久，才说：“有别的搞运输的朋友吗？”

“我也就是个建议。”细佬谢连忙说，“我认识的搞运输的，现在就凌飞和吴叔叔，你总不至于想去找吴叔叔吧？”

第二十一章　“正义”的报复

地产商孙鹏感到无比愤怒。

就在今天早上，他让儿子孙星配合自己，去一趟市立医院，准备敲李晓虹一笔竹杠的时候，被他关在家里三天的儿子终于爆发了，指着他的鼻子骂他是个老骗子，比街上的混混都不如，说混混至少讲道德、讲义气，他整天瞧不起混混，其实比混混更下作、更低劣。

孙鹏当时就气得说不出话来，平时他伶牙俐齿，是个出了名的无赖，可现在在自己儿子面前，他完全不知该说什么。

孙星说，他是因为崇拜凌飞才去挑战的，凌飞根本没下狠手打他，否则他根本就回不来。他还说，凌飞是个好人，远不像他这样，只会用下三滥的手段。说完之后，孙星不顾孙鹏的阻挠，拿上他的背包、耳机就出了门。

孙鹏已经忘记他儿子是第几次这样跑出去了。当初辍学混社会，孙星也是一个背包，一副耳机。后来第二次辍学，他满街地找人比试，“行侠仗义”，也同样是这么一个背包，一副耳机。前两次，他们并没有吵架，孙星便一走就是一个多月，他想，这次孙星可能是真不愿回来了。

他对着门破口大骂：“你滚，没你他妈这儿子，当初就不该把你生下来，早晚有一天犯事被枪毙！”

骂过之后，他依然觉得气不过，这一波没能坑了李晓虹和通运公司，他打心底里不甘心。这时，孙鹏的手机响了，他接通后犹豫了一下说：“老地方见。”

在通运不远处的咖啡厅里，孙鹏和王雅文相对而坐。

“孙总，我在通运肯定是待不下去了，警察很快就会介入调查了，到时候大家都会知道是我报的警。刚刚我已经把辞职信交了，你答应我的，可不能食言。”王雅文低声说。

“放心吧，你只要好好配合警察，把通运的违法行为调查清楚，答应你的肯定一分不少。等通运的事情处理完了，你就到我公司来上班。”孙鹏阴邪地笑着。

“其实通运的账目一向是很清楚的，如果不是李晓虹几次着急忙慌地要现金，我真不觉得通运有什么违规的操作。你怎么认定通运有问题的？为什么一定要跟通运过不去呢？”王雅文此时已毫无顾忌，忍不住问出心里憋了很久的疑问。

早在李子文出事的时候，孙鹏就开始打通运的主意，他觉得通运肯定有些不法的勾当，李子文的死应该就是利益分配不均的结果。他想趁着通运群龙无首的时候捡个大便宜，扩大自己的经营领域，于是他在那之后就开始接洽通运内部的人。财务主管王雅文是最容易也最适合下手的一个，一来她掌握整个通运的资金状况，二来她急需钱给孩子看病。起初王雅文还念在与李子文的情分上，不肯透露丝毫信息给孙鹏，可李晓虹的强势风格让她觉得不痛快，再加上现金的事，她动摇了，怀着一丝报复心，也为求自保，她终于联系了孙鹏。

“账面上没有，不表示实际上没有。你看，李晓虹没有李子文老到，这不就露出马脚了吗？再说了，现在是市场经济，各行各业休戚相关，通运如果不守法，坏了规矩，那对整个行业也是一种威胁，我这是在驱逐害群之马……”孙鹏说得慷慨激昂。

王雅文心里清楚，孙鹏根本就是个唯利是图的商人，这番标榜她一个字都不信。她开始有些后悔自己的选择，可一切都已经晚了，她只能走一步看一步。

第二十二章 命途无常

孙鹏与王雅文见面的同时，李晓虹在办公室里坐立不安，她在等石铁柱的电话。孙鹏的无赖举动和王雅文的突然辞职她都无暇顾及，她眼下只想赶快解决掉石铁柱这个麻烦。

石铁柱并非不想给李晓虹打电话，而是他没有机会打。就在昨晚，他给李晓虹打了最后一通电话之后，发现IC卡没钱了。他慌忙摸遍了身上每一个口袋，却发现自己身上一分钱也没有了。他的钱都放在了住处，那个不起眼的小宾馆里头。

于是，他立刻赶了回去。然而当他来到住处的时候，却发现小宾馆的楼下站着两个穿制服的家伙。这个晚上，他仿佛是和穿制服的人杠上了一般，他在哪儿，穿制服的就在哪儿。石铁柱顿时浑身冒汗，只敢远远地躲起来偷看。

没过多久，警笛声由远及近，更多的警察来到了小宾馆。

石铁柱彻底慌了，这个破烂小宾馆平时几乎没人来，甚至没人会注意，更不需要什么身份证，这也是石铁柱选择住在这里的原因。现在这里突然出现那么多警察，石铁柱能想到的就是自己暴露了，警察应该是来抓他的。

他扭头就跑，也不知道跑了多久才停下来。他口干舌燥，只觉得自己已经走到了绝境。最后一根救命稻草，便只有李晓虹。

他要去见李晓虹。既然没法打电话了，那他就直接去通运公司，反正上回拿钱时，他也是大着胆子，堂而皇之地走进通运公司的。

没了地方住，石铁柱只好在街心公园附近找了个僻静处和衣而睡，到了早上，算准李晓虹应该已经准备好了钱，他便立刻前往通运公司。

他本想故技重施，在附近弄一套大厦保洁的衣服，便混进通运公司之中。谁知，他还没有混进大楼，就看见一辆警车停在了通运的楼下，不过几分钟后，李晓虹便与两名警察一同从大楼中走出来，上了车。警车呼啸而去，蹲在大楼旁边不远处的石铁柱几乎吓得一屁股坐在地上。

他的最后一线希望没有了，他已经走到了崩溃的边缘，可是，他依然想要活命，这一刻，支撑他活下去的，是求生的本能。

只是石铁柱并不知道，小旅馆被查，和他没有任何关系；通运公司被查，李晓虹被带走，和他关系也没那么大。那个小旅馆虽然无人问津，但却并非干干净净，实际上，这种僻静的旅馆，最是藏污纳垢之所，旅馆的老板长期供养暗娼，很多人在旅馆内招嫖，这次正好被扫黄打非的警察给抓住了而已。只是，出了这种事，旅馆是一定会被封的，每一个房间都会被搜查，石铁柱的东西自然是很难拿回来了。

在黑暗中生存了太久的石铁柱当然不会知道，也不会想到这些。这一刻，他忽然有了个更加大胆的想法。

他要偷渡！他要去香港。

他摸了摸依旧藏在怀里的账簿，咬了咬牙，暗暗对自己说：“只要这玩意儿在手里，等我到那边站稳了脚，再来找你们也不迟！”

第二十三章　错　觉

自离开通运公司之后，凌飞再没和李晓虹联系。虽说没了经济来源，但一年的积蓄也还够他花一阵子。

这段时间，他一直和陈婉秋在一起。仿佛过去的十几年里，他都不曾和这个女孩待在一起那么久。

七月，高考临近，炎夏的蝉鸣越来越响，凌飞也越发心烦意乱。

他感觉最近陈婉秋似乎对他冷淡了下来，他们之间的关系，自那次在宾馆相拥而睡之后，便没有更多的进展。陈婉秋的“心病”时好时坏，有时候他们还能拥抱，但更多的时候，陈婉秋却连手都不让他拉，凌飞一旦靠近，陈婉秋就会本能地躲避。凌飞可以理解这种闪躲，却终是无法长期忍受。他觉得自己仿佛变得和那些侵犯她的混蛋一样脏。

只是凌飞并不明白，对于陈婉秋来说，一次拥抱要花费她多大的勇气。

陈婉秋深知，自己所做的一切都是在迁就凌飞，她知道凌飞心里有愧，也知道凌飞或许已经开始偷偷地喜欢上自己，但她却不得不后退，不得不闪避，她过不了自己那一关。

而且，每一次拥抱时，她会不自觉地开始想，凌飞曾经是否也这样拥抱另一个女孩，那个女孩到底是什么样？她问过凌飞几次，但凌飞却总是避而不谈，越是这样，她便越容易多想。加之高考的压力，渐渐地，她变得越来越疲惫。

她几乎预见到了争吵必将来临，只是一直努力抑制自己的情绪，迁就凌飞。她从未告诉凌飞，这段时间，凌飞非但没有给她带来安宁，反而让她的心情越发沉重。

高考前，学校给所有高三学生放了一天假，让大家调整心态参加考试。7 月 5 日晚上，陈婉秋上了最后一个晚自习后，便收拾了所有东西离开教室。事实上，她并没有太多东西可以收拾，大部分的东西都在邻市。

凌飞照例在学校门口等她，刚一见面，她就感觉到，今晚的凌飞比平时更加局促不安，似乎一直想说什么，却又一直没有开口。

她故意什么也不问。两人默默地走了一路，一直到了小巷口，凌飞终于忍不住，说："婉秋，今晚，我们去外面住吧？"

陈婉秋原本走在前头，听了这话，不由得顿住了脚步，过了很久，才转过身来，说："今晚？为什么？"

"你明天……不是不用上课吗？放松一下，明天我们再去看一场电影，怎么样？"凌飞说话的时候一直低着头。

越是到这个时候，他越发害怕失去，他觉得，高考或许就是他失去陈婉秋的开始。而这段一直没有进展的感情，更让他感到不安。

但陈婉秋却立刻摇了摇头，说："不用了，还是早点休息吧，我累了，想自己调整调整状态，明天，咱们就不要见面了。你不是说了，高考那几天会来陪我去考场吗？别忘了。"

凌飞一阵失落。

陈婉秋似乎非常担心凌飞再说什么，说完便转身快步向前走去。

凌飞踟蹰了一会儿，眼看着陈婉秋就要进楼道了，又说："等等，婉秋，你让我上去坐一会儿，总可以吧？"

陈婉秋怔了怔，终于还是点了点头。她实在无法说服自己拒绝凌飞。

陈婉秋的家几乎没有什么变化，但凌飞刚走进去，便已经脊背冒汗，心跳加速，甚至手脚都有些发颤。他在期待，也在害怕。

陈婉秋让凌飞在沙发上坐下，自己坐在他身旁，默默低着头。两人没有言语，场面一度尴尬无比。最后，还是凌飞忍不住，打破了寂静，开口问道："婉秋，你真要去北方啊？"

陈婉秋低低地"嗯"了一声。

凌飞又问："那以后，还回来吗？"

"不一定。"

"就是有可能……不回来了吗？"凌飞试探着问。

"如果我爸调回来的话，以后也许还有机会回来。"陈婉秋说，"但是你也知道，大学，不是随随便便就能回家的，而且我也说不好以后会不会在外边定居。”

“你就这么想走?”凌飞颤声说,“滨海市,真没什么你留恋的东西吗?”

“人都是要往前看的。”陈婉秋说,“我确实不太留恋这个城市,我在这里待太久了,这里的所有东西对我来说都太熟悉了。待腻了……真的,真的待腻了……”

“那我……我呢?”凌飞瞪大了眼睛,结结巴巴地问。

“没有我在,你能过得很好的,就像过去这一年,”陈婉秋说,“反而是我回来了,总是要你陪着,耽误你时间……”

“胡说,没有的事……”凌飞急了。

陈婉秋却继续说:“谁少了谁,日子都是照样过的,不是吗?”

“你……”

“你早点回去休息吧。”陈婉秋又说,“我也累了,这阵子谢谢你,记得高考……”

凌飞终于按捺不住心中的冲动,陈婉秋还没说完,他整个人已经扑了上去,紧紧抱住她,试图亲吻她的嘴唇。

陈婉秋被凌飞的举动吓坏了,拼命反抗。

陈婉秋的反抗让凌飞感到愤怒和羞愧,他觉得自己受了天大的委屈,却找不到委屈的源头,他不肯罢手,试图扯开陈婉秋的衣服。

陈婉秋看推不开他,就一口咬在了他的肩膀上。凌飞一下子清醒了,看着满脸泪痕的陈婉秋,他慌张地低声解释:“婉秋,对不起,我……我就是太怕失去你。”

“滚出去!你给我滚!”陈婉秋声嘶力竭地大喊。

第二十四章　失落的兄弟情

当凌飞意识到他亲手摧毁了陈婉秋对他的信任之后，为时已晚。当他小心翼翼地离开陈婉秋的家，并帮她关上门之后，门的那边传来了陈婉秋崩溃大哭的声音。

凌飞吓坏了，反身一面敲门，一面向陈婉秋道歉，但无济于事。

后来，那哭声变成了低低的啜泣，而凌飞就站在楼道里，像个上课违反纪律被罚站的学生一般，不知所措，局促不安。

他也不知道自己站了多久，门的那边已经彻底没了哭声，甚至一点声响也没有。他试探着再次敲门，但并没有人回应。

凌飞从未如此后悔过，而且这一次后悔，他没有任何补救的机会。

他不知道自己守在这里有什么意义，但还是不肯离开。直到楼道里忽然传来了脚步声。昏昏沉沉的凌飞借着昏暗的灯光，依稀看见了一个熟悉的肥大身影。那人就站在楼梯下的缓台处，看着凌飞。

凌飞一愣，不由得开口："肥……肥西……"

"你站在这儿干吗，你们吵架了？"肥西似乎早就知道凌飞在这里。

"我……"

"你要没别的事，我有话跟你说。"

"你怎么知道我在这里……"凌飞有些茫然地问。

"我经常看见你俩一起回来，今天你们闹得这么凶，要不是周围的人大部分都搬了，怕是整个楼道的人都知道了。”肥西冷笑一声，表情里带着嘲讽。

凌飞微微叹了口气，低着头。

“怎么样，有空吗？喝一杯。”肥西说，“咱们也很久没聊过了。”

凌飞自知陈婉秋已经不可能给他开门，只得点了点头。

巷口的夜市，凌飞和肥西对面而坐。起初，肥西只是默默喝酒，一言不发，之后，又开始帮凌飞倒酒，劝凌飞喝酒，但就是什么也不说。最终，还是凌飞受不了这份尴尬，说：“肥西，有什么话你就说吧，我知道，当初细佬谢那事儿，我……”

“当初的啥也别提。”肥西说，“你戳鳖的……当初……呸，我他妈很久不说这个词了……”他吐了口唾沫，继续说，“当初的事，我现在都懂了。在外头混，很艰难，我也懂了。也就是我懂了，才会来找你，本来我是不准备跟你开这个口的。”

“你说吧。”凌飞说。

“我想借你跑长途的机会，载我一程，送我回趟老家，你只要开到县城就行了，我听说很多地方都封路了，因为发大水……”肥西说，“我这儿东西太多，托运划不来，我一时半会儿也凑不出那个钱来。”

凌飞心一沉。

肥西又喝了几口酒，说：“不好意思，这顿饭也得你付钱。”

凌飞没有说话。

肥西一拍桌子，说：“就该你付钱，谁让你混得好？”

凌飞摇了摇头，有些无奈。他不怪肥西，就算肥西不说话，这顿饭，他也绝不会让肥西请。他只是有些无奈，对自己无奈，也对身边的一切感到无奈。

他本想告诉肥西，自己已经决定从通运离职了，恐怕帮不了他。可是，他终究没有说出口。他拒绝不了肥西，他想起与肥西多年的兄弟情，点了点头。

肥西拍了拍凌飞的肩膀，说："好，算你够兄弟，没白叫你太子飞哥……"

"别提了。"凌飞笑着摆了摆手，"你现在怎么了？怎么混成这样？"

肥西也放松了下来，苦笑一阵，说："我爸去年掉水里，落了病根，我妈身体也不好，家里就我赚点钱，还不够他俩花销的。不过，说实话，咱们那一批，有几个好的？"

"我们……那一批？"凌飞瞪眼问。

"是，也就一年时间，死的死，残的残，混得最好的，现在也在工地搬砖，在街上开的士。"肥西眉毛一挑，嘲讽般地冷笑，"我现在就经常和码头那些新来的小娃娃说，学啥都好，别小小年纪学混社会，社会是大，也绝对没你混的地方……"

"呵呵，'古惑仔'……"凌飞也随之淡淡一笑，"偏有那么多人信呢。"

肥西摇了摇头，说："不说这些了，我明天就走，拜托你了……"说完，他胡乱啃了几口刚送上来的烤串，就站起身来，快步离开。

凌飞一个人坐在烧烤摊前，默默看着在夏夜里忙碌的摊主。

第二十五章　从七月到七月

李晓虹在经历了24小时的询问调查之后，刚回到公司，就听到了石铁柱被捕的消息。

抓住石铁柱的并不是城南分局，而是滨海海关。

石铁柱走投无路的当晚，企图从新湖口岸直接游泳前往香港，被海关警察截获。直到被捞上岸，石铁柱还在负隅顽抗。他疯狂地叫嚣着，说那么多有钱人去得那边，为什么他去不得？

从二十世纪八十年代至九十年代末，无数偷渡者都曾试图横穿这片海域，到达对岸的“繁华世界”。他们中的很多人都被海关截获，但也有少部分漏网之鱼，靠着良好的水性到达了对岸。只可惜，到达对岸的人中的大多数，在几年之后，又总是站在海边遥望曾经的家乡。

此岸成了彼岸，彼岸并非天堂，此岸却遥不可及。

直到被带到警队确认身份之后，石铁柱才彻底老实下来。他丢弃的榔头、怀里用塑料袋和胶纸反复包裹的账簿、指纹、口供等，形成了完整的证据链。李子文一案，终于进入了尾声。

凌飞不敢见李晓虹，尤其是谈及借车送肥西回家这件事，他更不敢当面开口。他知道李晓虹的个性，也知道此前他伤了李晓虹的心。他选择了打电话跟李晓虹说这件事。

但他没有想到，李晓虹满口答应。而且，凌飞惊奇地感到，李晓虹和他说话的语气，竟有种前所未有的轻松。

放下电话之后，李晓虹拿出办公桌抽屉里的镜子，照着自己。

她发现自己从未像今天这样憔悴，原本最注重形象的她，现在看起来竟有些不修边幅。那额角，还平添了几根白发。

“该休息了，我还不到三十岁……”她对着镜子里的自己说。

很快，警笛再次由远及近，李晓虹因涉嫌包庇罪被带走。

在李晓虹被警察带走的当天，凌飞最后一次使用了通运的货车。他把肥西送回了家乡。一路上，两人什么都没有说，肥西一直在抽烟。

在家乡县城，肥西与凌飞分别之际，忽然对他说：“我说，太子飞，其实广东那地方，也没什么好的，等洪水过了，不行你就和细佬谢一起回来吧，把家里人也接回来。”

凌飞笑了笑，点了点头。但凌飞深知，他与肥西不同。虽然他们都出生在广东，但肥西对自己的家乡有着别样的归属感。尽管肥西回去的次数不多，但那里有他的亲朋好友，有他住过的地方，有他熟悉的味道。可是凌飞，大概从凌小梅决定南下打工的那一刻起，就注定了做一叶无根浮萍。

当凌飞开车返程之时，千里之外的滨海市，陈婉秋正准备走进考场。烈日下的她，神情有些惶惑。

有那么几次，她恍惚中看见了凌飞。那个男孩好像在等待高考学子的家长人群中，依旧戴着耳机，一脸桀骜不驯的样子，仿佛在说：“你们考吧，我太子飞不稀罕。”

有那么几次，她也期待过，期待那个男孩会突然出现。

她意识到自己已经原谅他了。只是，凌飞终究没有出现。

当晚，细佬谢接到了肥西从家乡打来报平安的电话。他感到很震惊。他着实不明白，为什么凌飞会帮助肥西。震惊之余，更多的却是难以言说的尴尬，仿佛自己的小心思被凌飞看穿了一般。这一刻，他仿佛回到了一年多以前，又成了那个在太子飞面前点头哈腰的小弟。

也同样是在当晚，李晓虹与石铁柱同时在城南分局接受了审问。

漆黑的审讯室之中，已经吃饱喝足，还抽了一支烟的石铁柱变得话多了起来。

“妈的，我已经很久没吃过饱饭了。”他眉飞色舞地对询问的警察说道。

警察气得直摇头。

曾经与陈学武一同负责过李子文一案的一位老刑警，却似乎对这位穷凶极恶的犯人很有兴趣。他特地来到询问室，问了石铁柱几个问题。他告诉旁人，这几个问题是还在邻市的陈学武得知石铁柱被捕之后，拜托他问的。

另一面的李晓虹却显得异常沉默，她仿佛已经接受了命运，不再有什么渴求。然而，当警察把账簿交到她的手里，让她自己翻看的时候，她却开始浑身颤抖起来。

看完账簿，李晓虹号啕大哭，仿佛一次性流干了积存二十几年的眼泪。

恍如隔世。沧海桑田。

第四部分

尾　声

一切只是阴差阳错，一切又仿佛上天注定。

尾声一 善 言

这一年的时间，石铁柱一直躲在暗处，昼伏夜出。而此刻，在昏暗的审讯室里，他却到了明处，灯光打在他脸上，闪得他几乎睁不开眼。老刑警的半边脸颊藏在阴影里，石铁柱看不见他的表情。

他央求把台灯放低，尽量不要照着他。这一年来一直见不得光，他已经变得有些害怕强光的刺激了。

老刑警照做，并且给了石铁柱一支烟，不紧不慢地说："石铁柱，问你几个问题，你尽可能如实回答。"

"成。"石铁柱很爽快，猛吸了一口烟，长长地吐着气，似乎很享受此刻的感觉。

"为什么杀李子文？他是你老板，而且，据我们调查，他对你们这些员工不错。"老刑警说。

石铁柱玩味地笑了笑，说："是，是好，不过那是有钱人对没钱人的好，是资本家对劳苦大众的好，嘿嘿……那不平等，不平等……"

"哟呵，你还知道资本家和劳苦大众？"老刑警不屑地说。

"那当然，别以为我们没文化。"

"说重点！"老州警严肃地说道。

石铁柱咳嗽一声说:“有个香港老板放了话,说要杀李子文,杀了他给钱。”

“胡扯,你以为我们没查过吗?那个香港老板是说过,但是是醉酒之后,而且也不是对你说的,更不是说要买凶杀人,而是说:‘李子文一个内地人生意做那么大,我们港人都快没饭吃了,我就该花三十万元买几个人杀了他。’”老刑警冷冷地说,“他说完这话就忘了,都不知道被谁传出来。而且据我所知,你杀了人以后,还去找过他,人家根本就没理你。”

“是,他就是个骗子,你们抓了我,也该把他抓来。”石铁柱厉声说。

“他的问题,我们会处理,现在说你。”老刑警说,“别人酒后一句胡言乱语,你们就真敢动刀子杀人?”

“这些有钱人没一个好东西。”石铁柱冷笑着说。

“你那几个同伙呢?据我所知,你们相处的时间并不长,他们怎么就敢跟你一起去杀人?你别告诉我是因为被你的侠义举动给感化了,决定和你一起惩奸除恶啊!”当了这么多年警察,老刑警也见过不少变态凶犯,但如此凶残而“朴实”的善恶逻辑,也并不多见,连他也忍不住多问一嘴。

“呸,那几个怂货。”石铁柱哼了一声,满脸不屑,“早知道就不带他们了,当初我还不是看他们可怜,才带他们做点儿大事?谁知道他们这么快就歇菜了。”

“这么说,你还算是帮衬朋友了?”老刑警提高声调问。

石铁柱依旧梗着脖子,丝毫没有悔意,说道:“当然,咱们几个,都是做工的，穷得裤子都快没得穿了，都恨那些欺压劳苦大众的资本家，呵呵……”

石铁柱的笑容很阴森，也很得意，此刻的他就像是年迈的战士，正在篝火旁跟年轻人分享自己的辉煌往事。“那会儿他们看我是北方来的，几个人合伙要欺负我，被我揍了，后来就跟着我混了……这个社会就是这样，你们广东不是有句话吗？叫什么，这个世界，谁拳头大，谁够恶，谁就有饭吃。呵呵，后来我叫他们往东，他们就不敢往西！我叫他们杀人，他们就不敢……”

“好了，够了！”老刑警实在听不下去了，厉声打断，“我再问你第三个问题，一年前，你企图杀司机小罗灭口，他只是工薪阶层，和你一样穷，你这也算是劫富济贫吗？”

石铁柱挠了挠头，似乎思考了很久，才想起那件事来，说：“哦，你说那个司机，他是倒霉，我怕他坏了我的好事。”

“那你最后为什么又没杀死他？”老刑警问。

此话一出，石铁柱的神情竟顿时暗淡下来。他沉默了很长时间，才幽幽地说：“大哥，再，再给我支烟。”

老刑警耐心地又给他点上一支烟。

石铁柱默默地抽着，过了很久，才说道：“啧……他命好，有个怀孕的媳妇。”

“你良心发现了？”老刑警问。

石铁柱继续说道：“我老妹……1991 年计划生育，当了超生游击队，整天挺着个大肚子东躲西藏的，最终孩子也没生下来，流了……呵呵，我不杀女人，也不能当着女人孩子面儿，杀他爹，造孽，这事儿造孽。”

“那你杀别人，就不是造孽了？”老刑警冷笑一声。

石铁柱没有回答，他似乎陷入了自己的思维悖论怪圈之中，无法自圆其说。

老刑警知道没有深入问下去的必要，转而又说：“最后一个问题，那个账簿，你看过吗？”

“看过。”石铁柱顿时振奋了精神，说，“富人的烂账嘛，我虽然不识字，但这点是知道的，李子文那货，整天把那本子带在身边，还不许别人看，不是见不得人的东西又是啥？还有他那个女儿，一提账簿就紧张地给我钱，哈哈……你说这帮富人好玩不？昧着良心赚钱，又胆小……”

“如果我告诉你，那账簿上根本没有你想的那些东西呢？”老刑警站起来，说，“那就是一个普通的笔记本，上面有日记，有日常的账目，每一笔都是正常交易，不存在任何不义之财。”

“不可能！”石铁柱浑身一颤，猛地直起身子，大声说，“不可能，你们这些当官的，就拿这种话来欺骗小老百姓吧，当官的和那些有钱人，没一个好东西，你拿了姓李的钱了，对吧？那婊子给你啥了？”

“哼……”老刑警嘴角勾了勾，并没有继续解释，转身出了审讯室。身后，石铁柱久久地重复着一句“不可能”。

这句话，大概会一直伴随他走向刑场……

尾声二 往 事

1980年春，滨海南路。

李子文醉醺醺地游荡在破旧的小巷子里，脏污的路面让他感到恶心、厌烦。

他原本是不会来这里的。从商数年，他一直洁身自好，也正是因此，他的生意发展得没有别人快。

此刻，挫败感犹如蔓延的病毒，侵袭他的全身。

他听说过滨海南路的这几条巷子，这里到处都是暗娼，这个地方是尚不发达的滨海市的藏污纳垢之所。只是，李子文并不知道，由于严打，这里的娼妓已经几乎销声匿迹，这里早已成了南下打工者的聚集地。

李子文的心中只有一个念头，那就是报复。他要报复自己的妻子，报复对自己不公的命运，报复自己这不争气的残破身体。

妻子已经至少半年没让他碰过了。从她的眼中，李子文看到了嘲讽，看到了那种对男人尊严最深切的打击和嘲笑。

他不能满足她，又生不出孩子。自结婚以来，一次又一次的失败让他在妻子面前颜面尽失。

可是今晚，在酒精的作用下，在这充满暧昧的巷子里，他居然有了冲动。前所未有的冲动。

他看见了她。

他有些惶惑，为什么会有长相这样清纯可爱的娼妓？他不顾切地冲上去抱住站在家门口透气的凌小梅，把身上所有的钱拿出来塞在她手里。

凌小梅试图解释，但无济于事；试图反抗，然而瘦弱的她终究不是李子文的对手。她被推进简陋的房间里，李子文疯狂地扯掉她的防备，疯狂地亲吻她。她尖叫，却结结实实地挨了李子文一巴掌。

“丢，不就是北姑吗？叫什么，又不是不给钱！”

这一晚，是李子文从生到死这几十年里，最粗鲁、最下流的一夜。凌小梅的哭喊显得渺小而无助。

当一切结束之后，李子文转身离开，什么都没有说，也并没有发现，自己口袋里的名片遗落在了床边。

事实证明，李子文并非没有生育能力。他和他的妻子，也根本没必要去福利院领养那个弃婴。

当凌小梅发现自己竟然怀孕时，也想过拿着名片去找李子文，可她有些自卑，又怕李子文不认账。她舍不得打掉这个孩子，在周围人的嘲讽和异样的眼神中生下孩子后，干脆就真的做起了三陪女。她想，一个未婚先育的女人，肯定也是很难再嫁个好人了，只要能把孩子养大，其他的都不重要。可随着凌飞一点点长大，他的出身经常遭受同学的侮辱，凌飞也经常跟她怄气。凌小梅觉得自己也的确对不住孩子，终于决心找到李子文要个说法。

当凌小梅拿着名片出现在李子文面前后，他惊喜又惊恐地发现，自己原来是一个健全的男人，而且还孕育出了新的生命。

他决心补救自己犯下的错，却又不敢明目张胆地给予凌小梅什么。他资助她，保护她，却终究不能给她名分。一开始是由于自己是有妇之夫，离婚后是因为两人身份上的巨大差距。她成了游走在灰暗地带的梅姐，而他是温文尔雅、洁身自好的李总，这让他没有勇气多走一步。

他犹豫着、踟蹰着，优柔寡断的他，把这所有的一切都带到了坟墓里。

他找不到宣泄的缺口，只能把一切都记录在笔记本上，却又怕被人发现，一直把笔记本带在身边。他不敢让李晓虹看见这一切，只是怕李晓虹知道自己并非他的亲生骨肉。

那本账目与往事混杂的笔记本，却终究成了打开地狱之门的钥匙。

一切只是阴差阳错，一切又仿佛上天注定。

尾声三　流　光

李子文案很快被淹没在了时光的洪流之中，高速发展的新兴城市并不会因为这样的事停下前进的脚步。

当《七子之歌》唱响，当千禧年来临，当更多的高楼矗立在柏油马路两侧，当大大小小的网吧成为青少年新的游乐场，当 QQ 闯入人们的视线，当诺基亚成为生活必需品……

一切都逐渐被淡忘了，一切都成了过眼云烟。

李子文案结束之后，李晓虹由于包庇罪和职务侵占罪被判刑，石铁柱被执行枪决，而凌飞也不得不彻底离开通运公司。

李晓虹入狱的那天，曾与一个脸色苍白，总是默默望着高墙外的天空的女人擦肩而过。她并不知道，这个人叫凌小梅。

监狱里很多人都喜欢掰着指头算出狱的日子，想尽办法减刑。可凌小梅却始终无欲无求，像是进来了就没想过再出去。

她不愿意见任何人，也不愿意回复儿子的来信。她永远面无表情，对周围所发生的一切都平静接受。

没有人看到，当凌飞在信中提到自己加入了濠江运输公司，并升任主管的时候，她的脸上，也曾泛起一丝欣慰的笑容。那一刻，凌小梅更加坚信，自己不再见凌飞是正确的选择。

事实上，当她把李子文的联系方式给凌飞的那一刻，她就已经下定了决心，不能再让这孩子有所牵挂。她的孩子可以飞得更高、走得更远，而她，早已经放弃了自己的未来，只代表他屈辱的出身与过往。

由于李子文案离奇曲折，牵涉甚广，引起了相关部门的重视，滨海市随即展开了为期半年的企业整顿行动。讽刺的是，那位处心积虑想要吞并通运公司的房地产老板孙鹏，自己却倒在了整顿行动的风口浪尖之上。他的公司被查出经济问题的时间，仅仅只比李晓虹被捕晚两个月。

凌飞选择了继续待在这座城市里。他可以开大货车，也算是有一技之长，经历了大大小小无数的招聘面试后，像是被命运结结实实地戏耍了一把，他最终进入了吴楚的濠江运输公司。

吴楚虽然不喜欢他，但对他似乎并没有偏见。

两年多的时间里，他兢兢业业，从不敢有丝毫懈怠。太子飞终于成为凌主管，他终于有了自己的办公桌。

一切仿佛都在向希望奔跑，就如这座崛起的城市，正不断地试图超越繁华的对岸。

一天，一位身材强壮挺拔、皮肤黝黑的男人出现在他的面前。凌飞几乎没能认出他来。毕竟他们最后一次相见时，他还是一个文弱学生，连拳头都挥不动。

吴枫转业了。回到这座城市后，他做的第一件事就是找上凌飞。

谁也想不到，这个当年立志要锻炼体魄、变强变壮，最后打倒凌飞的男生，如今，竟只是来请凌飞喝酒的。

时光可以改变很多东西，人也终有一天会变得成熟起来。

“我还是要感谢你的。”推杯换盏之际，吴枫笑着对凌飞说，“如果不是当年你给的屈辱，我也不会辍学去当兵，也不会成为武警战士……”

“你不恨我？”

“恨。”吴枫笑着说，“我在部队里的时候，只要坚持不下去了，就会想到你。只要一想到你，我就又能多负重跑几千米。”

凌飞哈哈大笑起来，却不由自主地笑出了一滴泪水。

“你跟她……还有联系吗？”吴枫忽然问凌飞。

凌飞止住了笑容，整个人彻底愣住了。

“如果我告诉你，我回来之前，去找过她，你怎么想？”吴枫又说。

“我……”凌飞沉默了，微微低下头，过了很久，才慢慢说，“我能怎么想？当初，错在我……我……她……她还好吗？”

“还好，准备考研了。”吴枫笑着说，“谈过一任男朋友，不过，现在应该还单着。”

“呵呵……”凌飞的心里泛起一丝波澜。

“我是没戏了。”吴枫说。

“怎么讲？”凌飞说，“你至少比我强。”

“不，真没戏了，我马上就要结婚了。”吴枫笑着说，“放心，不是她。”

凌飞愕然，一时不知道说什么好。

吴枫忽然抽出一张餐巾纸，铺在桌上，从衣兜里掏出一支钢笔，迅速在纸巾上写下一行数字，说：“QQ，会用吧？”

凌飞点了点头。

吴枫把纸巾推到凌飞面前，说：“自己把握。”

凌飞看着那一串数字，顿时坠入了回忆的罅隙之中。

那一年，学校后山上，夕阳西下，凉风渐起。他在她身边，哼唱着一首《滚滚红尘》……

图书在版编目（CIP）数据

灰线 / 骑鲸小喵著 . -- 北京 ： 法律出版社， 2018
ISBN 978-7-5197-2845-8

Ⅰ . ①灰… Ⅱ . ①骑… Ⅲ . ①长篇小说－中国－当代
Ⅳ . ① I247.5

中国版本图书馆 CIP 数据核字 (2018) 第 252015 号

灰线
HUIXIAN

骑鲸小喵 著

策划编辑 张发靖
特约编辑 黄梦梦
责任编辑 王 晗
装帧设计 汪奇峰

出版 法律出版社
总发行 中国法律图书有限公司
经销 新华书店
印刷 固安华明印业有限公司
责任校对 李景美
责任印制 沙 磊

编辑统筹 中国法律图书有限公司
开本 A5
印张 7.75
字数 148 千
版本 2019 年 1 月第 1 版
印次 2019 年 1 月第 1 次印刷

法律出版社 / 北京市丰台区莲花池西里 7 号（100073）
网址 /www.lawpress.com.cn
投稿邮箱 /wanghan@chinalawbook.com
举报维权邮箱 /jbwq@lawpress.com.cn
销售热线 /010-83938347
咨询电话 /010-63939796

中国法律图书有限公司 / 北京市丰台区莲花池西里 7 号（100073）
全国各地中法图分、子公司销售电话：
统一销售客服 /400-660-6393
第一法律书店 /010-83938334/8335　西安分公司 /029-85330678　重庆分公司 /023-67453036
上海分公司 /021-62071639/1636　深圳分公司 /0755-83072995

书号： ISBN 978-7-5197-2845-8　**定价：** 36.00 元